相约名家·冰心奖获奖作家作品精选

高长梅　王培静／主编

修一个朋友要多少年

何葆国
著

九州出版社
JIUZHOUPRESS　全国百佳图书出版单位

图书在版编目（CIP）数据

修一个朋友要多少年 / 何葆国著. -- 北京：九州出版社，2013.5
（2021.7 重印）

（相约名家·冰心奖获奖作家作品精选 / 高长梅，王培静主编）
ISBN 978-7-5108-2096-0

Ⅰ.①修…　Ⅱ.①何…　Ⅲ.①散文集 - 中国 - 当代
Ⅳ.①I267

中国版本图书馆CIP数据核字（2013）第083837号

修一个朋友要多少年

作　　者	何葆国　著	
出版发行	九州出版社	
地　　址	北京市西城区阜外大街甲35 号（100037）	
发行电话	（010）68992190/3/5/6	
网　　址	www.jiuzhoupress.com	
电子信箱	jiuzhou@jiuzhoupress.com	
印　　刷	北京一鑫印务有限责任公司	
开　　本	710 毫米×1000 毫米　16 开	
印　　张	9.5	
字　　数	136 千字	
版　　次	2013 年 5 月第 1 版	
印　　次	2021 年 7 月第 11 次印刷	
书　　号	ISBN 978-7-5108-2096-0	
定　　价	36.00 元	

出版说明

冰心是我国现代文学史上著名的作家，她的儿童文学作品和散文在中国文学史上占有重要位置。

这里所说的"冰心奖"包括"冰心儿童文学艺术奖"和"冰心散文奖"。

"冰心儿童文学艺术奖"创立于1990年。创立以来，它由最初的单一儿童图书奖，发展为包括图书、新作、艺术、作文四个奖项的综合性大奖，旨在鼓励儿童文学作品的创作出版，发现、培养新作者，支持和鼓励儿童艺术普及教育的发展。其中，"冰心儿童文学新作奖"与"宋庆龄儿童文学奖"、"陈伯吹儿童文学奖"、"全国儿童文学奖"并称国内四大儿童文学奖。

"冰心散文奖"是一项具有权威的全国性的散文大奖。冰心生前曾是中国散文学会名誉会长，"冰心散文奖"是遵照其生前遗愿而设立的，旨在彰显我国散文创作的成就，不断评选出题材广泛、思想敏锐、着力表现现实生活，创作形式风格多样的优秀散文。"冰心散文奖"是与"茅盾文学奖"、"鲁迅文学奖"并列的我国文学界散文类最高奖项，也是中国目前中国散文单项评奖的最高奖。

《相约名家·冰心奖获奖作家作品精选》共收录近年来荣获"冰心儿童文学艺术奖"和"冰心散文奖"的三十位作家的作品。这些作品无论是小说还是散文，或抒写人间大爱，或展现美丽风光，或揭示生活哲理，或写实社会万象，从不同角度给青少年读者以十分有益的启迪。

随着中小学课程改革的深入与发展，让中小学生多读书、读好书早已成为共识。我社推出本套大型丛书，希冀为提升中国的基础教育、为青少年的健康成长尽一份力。

九州出版社

目 录
CONTENTS

第四辑　像落花生一样 / 081

第一辑

修一个朋友要多少年

修一个朋友要多少年

朋友，一个在你最需要的时候默默出现在你身边的人，一个能用眼神和无言给你力量的人，一个比你自己更了解你、更善待你的人，一个最痛恨你的毛病却又最能容忍你的人，一个另一参照意义上的你自己——我知道，当我这样给"朋友"做一个界定的时候，我已经表达了一种现实：这是一个充满情侣而缺少朋友的年代，你可能很容易就能找到情侣，情侣像街上流行的宠物狗，而朋友则是大熊猫和华南虎，越来越少。众所周知，有关组织下拨巨资对大熊猫和华南虎进行了抢救性的保护与繁殖，可是我们到哪里去找我们的朋友呢？

我的一个朋友很悲观，因为他的朋友一个个而又一次次地有负于他，其中一个是把他的女友钓了过去，另一个是拿着他的钱"跑路"（这是闽南语，意谓潜逃异乡）了，多年的朋友啊，为什么会这样？他说得伤心落泪，一脸黯然。我陪他一起发呆，然后用一种思索的语气对他说，如果是朋友，一定不会这样的，你一定是被朋友的表象迷惑了，出卖与背叛的事是经常发生的，但真正的朋友之间一定不会有这么肮脏的故事，如果有了，这只能说明你们本来就算不上真正的朋友。

我是相信朋友的，朋友是一个十分美好的字眼，我相信朋友的可遇不可求，多少人每天面对面背靠背，也能搂着肩膀喝上几杯，但是他们之间就是缺少一种火候，永远无法把一锅的友情煮开。朋友需要缘分，百年修得同船渡，一个朋友要修多少年呢？10年前，我受困于一所中学，想换个环境，一个只通过几次信的朋友写信来，让我到他所在城市的一家报社去，我被他说得动心，有一天就贸然上路了，直到汽车站下了车，我才给他打了一个电话，他在电话里惊喜地叫了起来，啊，你来啦，太好啦，你就站在那里别动，我马上过去！五六分钟之后，一个年纪与我相仿的男子骑着摩托车驶入我的视线，我一下猜出是他，虽然我们从未谋面，但我相信自己的直觉。我大步走上前去，叫出他的名字，他嘿嘿地笑着说，你他妈的我怎么越看越觉得面熟。有一个成语叫做"一见如故"，我一直疑心这说的就是我们。在他的一手操持下，我很顺利地进入了报社，后来由于种种原因，我决定离开报社，他到车站送我，沉着脸一直没有说话，直到车快开了，我看见他抬起手，一颗眼泪掉了下来。10年过去了，这颗泪好像还一直挂在那里，连时间都无法风干。这么多年来，我们彼此有很大的变化，不常见面，甚至只是偶尔打打电话，但一直没变的是那种两个男子间所能达到的友情的高度。

　　朋友似乎总是在远方，在别处，在身边我看到了太多的人戴着面具握手，使用大会上发言的语气说一些言不由衷的话。这样的人是不配有朋友的。修一个朋友需要多少年？没有答案，如果有答案，只能在你心里。

短命的音乐家

如果人类没有音乐，真不知道会是怎样的情形。也许，那就像地球没有太阳一样，处于漫漫无边的黑夜之中……

音乐家以其天才和热情为人类创造了美妙乐章，音乐家对人类的贡献是无法估量的，可是命运对音乐家似乎很不公平，他们许多人终身穷困潦倒，郁郁寡欢。贝多芬就是著名的例子，他一生坎坷，贫病交加，终于没能完全"扼住命运的咽喉"，在57岁那年与世长辞。

一直以为贝多芬英年早逝，后来看了一些音乐史籍，方才知道和许多同样是国际级大师的同行相比，贝多芬不算短命的，心里不由一阵莫名的沉重。我真不想记下他们的生命长度：舒伯特，31岁；莫扎特，35岁；比才，37岁；门德尔松，38岁；肖邦，39岁；韦伯，40岁；施特劳斯，45岁；舒曼，46岁……

诚然，一个人的生命质量不是由他的生命长度来衡量的，而是取决于他生命的深度、广度与力度。音乐家为人类创造的财富岂止是美妙乐章，更是热爱生活、抗争命运的高贵的精神。他们的生命虽短，其作品对人类的启迪和润泽却是绵绵不息的。

中国传统养生学认为，书画养气，音乐耗气。书画使人心平气和，而音乐使人壮怀激烈，就总体而言，音乐家比书画家短命。从这个意义上说，音乐是音乐家用生命的血和肉创造出来的精神食粮，他们营养了人类，却牺牲了自己。献身音乐需要执迷不悔的热情和无所畏惧的勇气，也许中国人比较聪明，所以中国一向盛产书画家而少有伟大的音乐家……

不眠夜，关于茶的漫想

那天晚上，友人来访，高谈阔论之际，不知不觉泡过三泡茶，数杯茶水经咽喉徐徐落肚，恍然有声。别人有"酒足饭饱"之说，在我看来，"话足茶饱"，更是一种精神与物质的双重惬意。不过，那个晚上却是害惨了我，我在床上翻来覆去，犹如炒茶一般，怎么也睡不着觉。根源在于一晚上喝了三种茶：安溪铁观音，湘西古丈毛尖和漳平水仙。我暗想，茶有人生三昧，而我一晚上喝三种茶，难怪是五味杂陈，只能失眠而胡思乱想了。

其实我爱喝茶，但对喝什么茶并不特别讲究，所谓兼容百茶是也。那铁观音是厦门同学带来的，古丈毛尖是湘西朋友寄来的，而漳平水仙是到漳平参加笔会获赠的。在漳平第一次听到水仙茶时，我听成了"水仙花茶"，主人说，水仙茶不是花茶，也是乌龙茶。于是我看到了茶罐里的茶叶，乌褐而略带金黄的色泽，一股桂花的芳香扑鼻而来。我有些陶醉地吸了一口气。煮沸的水高高冲入茶盅，那茶叶在水中舒展开来，像是一个大梦醒来的仙子伸着懒腰，纤细的身子轻盈起舞。黄嫩的茶水像打碎的蛋黄，呈现出一种很亲切很环保的颜色，再多看几眼，那种鹅黄清澈，淡雅素净，又好像高贵迷人的百年琥珀。苏轼说，"从来佳茗似佳人"，这个比喻就更人性了。我想起那天到漳平的南洋茶乡参观，看到漫山遍野的茶园，郁郁葱葱，像是一片绿色的大海，山风吹来，便有波浪优美地起伏，那种感觉是心旷神怡的，令你恨不得也变成一棵茶树。不过，漳平的茶乡之行，至今有个小小遗憾，我仍旧没明白那茶为什么叫做"水仙茶"？

也许名字并不是重要的，茶一定要有它的味道，这才是根本。我曾经喝过一种一斤几千元的茶，喝到的却是浓浓的人参味道，原来这种所谓的"极品茶"已经被异化了，制作过程中加入了参粉，令我匪夷所思的是，它一度成了人们送礼的首选物品，价格扶摇直上。某种意义上，这是对茶的亵渎和不恭。茶，只要是本色的，气味纯正，尽管加工粗糙，包装简陋，它仍然是好茶。

古人讲究茶道，单是饮茶环境，就须具有"凉台、静室、明窗、曲江、僧寮、道院、松风、竹月、晏坐、行吟、清谈、把卷"诸如此类的要件，在我凡夫俗子看来，真是太过繁琐了，而今茶馆的茶艺表演，则是一阵阵商业气息迎面袭来。其实饮茶的真谛，就在饮茶本身，而不应该是那些花里花哨的"功夫"。古代有个赵州禅师，对所有来请教佛法的人，总是一句话，"吃茶去。"言简意赅，其中深意却是令人恍然大悟，如果说茶要自己品赏，才能体会到茶的滋味，人生的过程又何尝不是？你只有历经世态炎凉，方才有所省悟。

唐代有人总结出茶有十德：以茶散郁气，以茶驱睡气，以茶养生气，以茶除病气，以茶利礼仁，以茶表敬意，以茶尝滋味，以茶养身体，以茶可行道，以茶可养志。我不知道，茶能否承受如此的重负？我也不大明白"茶文化"，但我想，在广大的闽南地区和客家乡村，一致把"茶"叫做"茶米"，茶就像米一样不可缺少，这其中所透露的信息足够人们咀嚼一番了。

那个因喝茶而失眠的夜里，我最后还是起了床，独自坐在茶几前，又给自己泡了一杯酽酽的漳平水仙。

简单的生活

　　不久前的某一天，在某个场所偶然遇到一个久违的熟人，彼此寒暄之后，他问我还在写东西吗？我说还在写。他似乎不胜惊讶，连忙说不容易，不容易呀。某个大人物曾经说过，做某件事不难，难的是坚持不懈地做。只不过，我坚持写东西这事，差不多也坚持二十年了，并没有感觉到什么难处。有时我也想，要是不写作，我能做什么呢？做官，显然不行，缺少拍马屁的基本本领（这是我女儿说的），做生意，也不行，有人来买我的书，我都羞于收钱，这样的素质怎么适宜经商（这是我老婆说的）？做流氓吧，说实在的，小时候很羡慕那些戴墨镜披风衣的黑道老大（初中时偶尔逃课去看港台录像），可是想想，自己胆子太小，又怕死，还是算了吧。这么多年来，也算经历一些事了，越发觉得自己还是最适宜写作，这实在不是因为我有什么天赋，而是除了写作之外，全是我不会干或者不喜欢的行当。别无选择，只好写了。

　　一晃也写二十年了，套用一句俗话说，把最美好的青春都献给写作事业啦。我的大学老师孙绍振教授说，何葆国为了写小说，甚至不惜把公职都辞掉了。还有一些人似乎也不大赞成。其实辞职也不是完全为了小说，主要还是不适应上班状态。刚出道那几年，满是雄心斗志，却是好高骛远，眼高手低，这大概也是许多人的通病吧，以为看几本西方名著就能站到巨人肩膀上，爬到什么什么的巅峰。这样几年下来，虽然也在不断地发表着，却不免越写越困惑，终于慢慢琢磨出来，一个写作者，必须要有根，就像一棵树，必须扎在土地里，根系向深处生发，然后迎风沐雨，有阳光，有空气，才能长成大树。写作者的根就在他的脚下，这就是一个写作者所能拥有的生活领地。他对自己的领地越熟悉、越了解、越热爱，他就越能写出好东西，至于什么主义的手法，只不过是技术层面的活儿，很容易掌握，有时学几招就可以唬人了，而他和领地之间的血肉相连、声气相通地融为一体，却需要虔诚地投入与付出，来不得半点虚情假意。从这之后，我只写两个地方，一个是我至今置身的闽南小城镇，一个是我曾经的"流放地"——客家土楼。一个人待在一个小地方写作，似乎有点不可思议。曾经也有朋友动员我移居城市，说起来我也是一个喜欢旅行的人，常在城市出没，但我想想还是算了吧，一个人待在小地方不要紧，只要他心中有大境界就行。再说，自我臭美一下吧，咱小地方的人，写出来的书也能卖到北京上海广州这些大地方去，不也挺好吗？

现在，写作对我来说意味着一日三餐、养家糊口，但它是一件令我愉快的事情，因为我只写我所喜欢写的（至于写作中绞尽脑汁，为谋篇构局、人物命运而辗转反侧，那是另一层面的愉悦和痛苦）。每天睡到自然醒，写二三个小时，其他时间上网、看书、泡茶、爬山，日子简单而轻松。物价在上涨，人到中年，上有老下有小的种种负担也骤然增加，稿费却没有提高，好在有几本书，版税像涓涓细流，总是不断地流到我家，更主要的，我一直在写着。写着，只要写着，这就能够抵挡外界的许多威胁和诱惑。在生活上，没有什么奢求，在写作上，也没什么伟大的抱负了，我相信一个写作者能写到什么份上，上天似乎也是自有安排的，想写则写，能写则写，写自己所喜欢写的，让别人买你的书去吧。

第二辑
神秘的文明

沧桑大水井

　　大水井不是一口井，而是一座老房子，一片古建筑群——在我来到利川之前，我至少已经知道了，在鄂西莽莽苍苍的大山深处，这座老房子横亘于一块葱茏的山腰上，像是一支悠扬的土家唢呐，吹奏着一个庞大家族数百年的辉煌与衰败……汽车在崎岖的山路上奋勇前行，我在颠簸的车里回想起这几年在各地所看见的老房子，大水井的面目似乎开始变得清晰起来了。

　　汽车戛然停下，车上有人说"到了"，我从窗子探头一看，只见公路下面一条青砖甬道通向一座老房子，不用说，这就是大水井了——具体地说，就是大水井的三大组成部分之一的李亮清庄园，屋檐高高翘起的门楼侧向右边，门楣上写着四个大字：青莲美荫，据说这是当年主人附庸风雅，为高攀唐朝大诗人李白而起的名字。墙是白的，屋瓦是黑的，而围墙下的坡地上是一垄垄青黄的玉米，三种颜色构成了一幅简朴的画面。说实在的，大水井一点也没有我所想象的气势，它看起来甚至有些寒伧。我迟疑了一下，还是迫不及待地走进楼门。

　　大水井古建筑群由李亮清庄园、李氏宗祠、李盖五庄园三部分组成，占地面积20000多平方米，总建筑面积12000多平方米。李亮清庄园兴建于清光绪年间，是大水井古建筑群最耀眼、最精粹的龙头，主体采用吊脚楼的传统法式，柱廊却是西式的，这一土洋结合的格式别开生面，令人感觉到一股风从大洋彼岸吹到了这崇山峻岭之中。其实，土家巴文化也正是来源于多文化的融合，在这李氏庄园里，我看到了文化的渗透力是多么强大。

170多间房屋，高低错落，24个天井，环环相连，无数个过道，回环往复，整个庄园就像是一座旧朝宫殿，雕梁画栋虽已斑驳不堪，但是从门窗的木雕和石雕上还可以看见当年的绮丽。我离开同行的人们，独自一人走上一部松动的木梯，到了楼上发现楼板已经局部破损，墙壁上留着不同时期的涂鸦。我推开一扇关闭已久的木门，一股陈年霉味迎面扑来。庄园的损坏情况有点出乎我的意料，而其中大多是人为破坏的，这令人感到痛心。固然这种情况不可能再出现了，但有关部门显然应该抓紧时间进行修葺工作，让庄园回归原貌。

从庄园一侧边门出来，走百把米的田埂路，就来到李氏宗祠。宗祠修建于清道光二十六年（1846年）。占地3800平方米，建有大殿3个、厢房4排、天井6个，房屋共69间。整个宗祠的建筑风格与南方汉族的祖祠几乎没有差别。祠堂正面东侧有口小井，周围砌起了高高的围墙，围墙正面刻有"大水井"三字，这也正是大水井名字的来历。当我看到这口水井时，不禁有些失望，因为它太小了，而且水已经变得有些污浊不清了。我想旅游部门应该尽快澄清这口水井，并在一边放上若干木勺，让每个到此的游客舀一勺子井水尝尝味道，也许能喝出一些历史的回味。当我站在井边仰头看着四周高耸的围墙，突然感觉自己也是处于一口井的井底呢。围墙用硕大的麻条石砌成，依山势逐步升高，最高的有6～7米，总长则近4百米，犹如一段长城，颇有气势。因为时间关系，从李氏宗祠出来，就没有前往李盖五庄园。李盖五是最后一任族长，他在1942年建造的新庄园高仰台，规模和气势已大不如前人。随着时局的变化，他的下场很悲惨，据说尸体都被人浇上桐油烧了。也许我们还应该庆幸，当年愤怒的民众没有把房子一把火也烧了。

于是，人不在了，房子留下来了，尽管已是千疮百孔。

每座老房子的后面都有一个庞大的家族，而家族里必定要有一个强人，当这个注定的强人出现时，这个家族也就开创了一个鼎盛的时代。只是，他会想到也有衰落的一天吗？关于大水井李氏家族的兴衰，当地流传着多个版本的传说，它们像是诡秘的影子，令人难以捉摸。也许，一切秘密都隐藏在了墙头屋瓦之间，但是三百余年的风霜雨雪与兴亡更替，房子已经垂垂老矣，像是一个风烛残年的老人，什么也说不出来了。

当我在公路上最后回望大水井时，大水井的面目突然变得模糊不清。

最美丽的墓地

沿沱江走去，是一条行人和游客渐渐稀少的青石铺就的小路，两边的老屋显得格外寂静，令人恍然走进一个陈年旧梦。

到了听涛山下，一座砖房的墙壁上用红漆写了五个大字：沈从文墓地。一代文学巨匠原来就长眠在这座低矮的山上。我拾级而上，来到一块林间空地，准备歇口气继续往上走，就在这时，我的眼光不经意瞥到了一块石头，那是一块不大规则的颜色清淡的五彩石，上面刻着字。我向着这块石头走过去，突然间我意识到，这里就是沈先生的墓地。

说实在的，我非常惊讶，说是墓地，其实并没有墓冢，只有这么一块从山上采来的五彩石，它肯定也不是精挑细拣的，形状很随意，成色也一般，它就这样静静地立在那里（后来听说沈先生的骨灰就埋在下面）。上面刻着沈先生的手迹："照我思索，能理解'我'；照我思索，可认识'人'。"我默念着这四句话，觉得意味深长。转到石头后面，看到上面又刻着两行字，这是沈先生妻妹张充和女士题写的："不折不从，亦慈亦让；星斗其文，赤子其人。"这位四妹对三姐夫沈二哥真是太了解了，16个字几乎可以概括他的一生，而嵌字格又令人读到了一层更深的意思：从文让人。在沈先生一生中，不管是早年颠沛流离的江湖生涯，还是青壮年浪迹京都的辛酸与苦斗，抑或是1949年之后的凄惶和沉寂，他始终用一种善意的微笑，静静地看着这个世界的一切。凤凰小城的恬淡孕育了他淡泊的品性，他超然物外，与世无争。"夫唯不争，故天下莫能与之争"，几十年后的今天，那些所谓的文豪烟消云散，而沈先生和他的作品却像灿烂的星空，普照着天下热爱自然、热爱生活的人们。

我参观过许多墓地，巍然耸立的帝王陵寝自不必说了，就是一些所谓的名流、大款，也无不挖空心思地把坟墓造得豪华奢侈，我唯独没有见过沈先生这么简陋、这么朴实的墓地，然而它给我的震撼却是无比巨大的。一阵山风吹了过来，周围几株幼松和万年青发出沙沙沙的声响，地上铺了一些江边的鹅卵石，上面放着几束人们敬献的菊花，也在风中轻轻摇动着。右下方立了一块方碑，那是画家黄永玉先生为他的表叔沈先生写的一句话："一个士兵不是战死沙场，便是回到故乡。"我屏住了呼吸，就这样呆呆地望着那块墓碑——不，我更愿意把它看成一块石头，它其实就是一块朴素的石头，就像沈先生的为人一样。这个只读过小学的人，用一支笔打天下，这个凤凰优秀的儿子，从故乡走出，最后又回到了故乡。现在，他就像一块石头一样，成为大自然的一个组成部分。一个人，要是没有足够的人格力量和精神魅力，他的坟墓就是造得再高大，也不过是一堆土而已。沈先生的墓地只有一块石头，但已足矣，一块石头便是一切，它像沈从文的生命一样深深地埋入土地，和土地融为一体，和土地一样不朽。我忽然想说，这是我见过的最美丽的墓地。

乌篷船上

从幽静的鲁迅故居出来，面前便是一条喧嚣的大街，令我有恍若隔世的感觉。我看到车水马龙，一群人在站牌下等车。我的自助游的下一站是大禹陵，坐2路车可以直达，但是转念一想，来到了鲁迅故里，不坐一趟文豪笔下原汁原味的乌篷船，不是太遗憾了吗？我立即决定坐乌篷船到大禹陵。

在"三味书屋"门前的小石桥下租了一只乌篷船，船工是一个四十多岁的农民，头戴毡帽，脸色黝黑，一笑便是满脸长长短短的皱纹，使我猛然想起鲁迅笔下的闰土。乌篷船的船舱极窄，两个稍胖的人就无法并排坐下。我刚一上船，船便摇晃起来，船工连忙用脚踩着橹，方才稳住了船，看来我只能木木地坐着，不容动弹一下。船工用绍兴方言跟我说了一句什么，一手摇着桨，一脚踩着橹，乌篷船便劈开水波，向前跑出去——在这一瞬间里，我极力地想要感受一下鲁迅所描写的"飞一般"的感觉，可是没有，乌篷船只是静静地跑出去。

水巷估计比街道低三米以上，两边是石垒的河堤，河堤上便是街道的绿化带，一些细长的花枝垂落到水面上，乌篷船一到，它们便乱颤起来。水巷有如峡谷，水面上只有一道窄窄的光线，显得阴气森森。百十米便有一座石拱桥，乌篷船一点一点临近桥时，我惊诧船头就要撞上桥墩了，但船工两目直视，一点也不看眼前，只是机械地摇着桨踩着橹，船头好像侧转了一下，便从桥墩旁边擦了过去，没入桥下的一团漆黑之中。每逢这种时候，我的心总是一阵怦怦直跳，环顾四周，黑乎乎一片，只有船工的眼睛是亮的。

乌篷船在城区的水巷里转来转去，终于在护城河上露出了头，向禹陵江前进。两岸是黄熟待收的稻田，间杂着一座两座楼房，可能是工厂，也可能是民居，显得很抢眼，烟囱向天空喷吐着烟雾，我已经看不到鲁迅当年所看到的寂寥而古朴的田园风光，"两岸的豆麦和河底的水草所发散出来的清香，夹杂在水气中扑面的吹来"——可惜我一点也闻不到了，扑面而来的是阵阵浊气，这是现代工业侵袭田园风光的气味。水面上漂着浮萍和塑料袋子，别说"倒映在水里的群山和稻田"，就是我探头到水面上，也看不到"群山和稻田"的影子。乌篷船时时撞上浮萍，便摇晃着从上面辗过去，船底下激起的水声显得有些沉闷。举目四望，禹陵江像一件打满补丁的脏衣服，大煞风景。船工用方言说起了什么，我一点也听不懂，叫他说普通话，但他也没听懂，依旧用方言叽哩咕噜地说着，配以生动的表情，我发觉他目光透出一种威猛，觉得他好像是在吓唬我，我暗自怕了一怕，这年头出门在外，不碰上几个敲诈勒索的，那真是意外。禹陵江上一片茫茫，江岸上也看不到一个行人，要是船工突然对我使起横来，不给钱就不走之类，我可惨了。这么一想，再也无心看什么风光了，心里一边紧张着，一边盼望大禹陵快快到达。

远远的看到山脚下一座庙宇，我想那一定就是大禹陵了，心里才有些松弛，继续看江上的风景，可是乌篷船拐进了一条细窄的水道，水面上四处是垃圾，令人惨不忍睹。好在大禹陵很快就到了，乌篷船还没在小石桥下泊稳，我便起身往石墩上跳过去，船工在后面尖声叫道，我不明白他说什么，但猜得出跟我有关，岸上有个老船工急急向我走来，迎面把我拦住，连比带划地说了一串方言，我终于明白了，他要我付小费。我似乎想也没想，就掏出十块钱丢到他手里，转头便走。

入了大禹陵，想起坐乌篷船的经过，居然没有什么美妙的回忆，真是不坐遗憾，坐了也遗憾，就像日常生活中的很多时候，无奈总是难免的。

鸭绿江断桥

鸭绿江上有一座断桥，它显然没有西湖断桥那么闻名遐迩，更不是什么浪漫奇情的胜迹，它是一场战争的伤口，一截历史的遗物。

我来到丹东的时候，天刚刚放亮。从火车站信步走了十来分钟，便来到了鸭绿江畔的公园，我一眼看到那座十分熟悉的铁路桥，在所有抗美援朝的影视片里，无一例外要出现它的形象，中国人民志愿军从这里"雄赳赳气昂昂地跨过鸭绿江"。其实它是朝鲜战争之后新建的，志愿军通过的应该是断桥。断桥就在它旁边八九米的地方，显得有些凄楚。据说这是鸭绿江上第一座大铁桥，由当时日本驻朝鲜总督府铁道局所建，使用中朝两国民工51万人次，历经两年六个月建成，全长944.2米，12孔。朝鲜战争时期，美军为切断志愿军运输通道，派飞机炸毁朝方一侧的3座桥墩，使之成为名副其实的断桥。

几十年风霜雨雪，时间一点一点地在断桥上长出了铁锈。战争过去了，战争的遗迹还在控诉着战争的罪恶，然而人类毕竟不能沉迷在无休

第二辑　神秘的文明

止的"控诉"中，人类需要向前走去，甩掉历史的包袱，轻松上路。八十年代末，丹东市被列为对外开放城市，有关部门看到了断桥的旅游潜力，提出了开发断桥的方案。社会各界非常关注，上海同济大学一位教授提议，将断桥改名"端桥"，他认为，"断桥"是战争产物，"断"字有破碎残废之意，缺乏美感，而改用"端"字，不仅谐音相近，且意蕴深远，"端"是边端，端桥即中国这一边的桥，"端"又是端正，端桥即浩然正气屹立江中的桥。此项提议经反复讨论，最后由市委市政府同意，于1992年正式采用。1993年4月，鸭绿江端桥联营公司投资300多万元，对断桥进行整修，将它刷成了天蓝色，战争遗迹从此变成旅游景点。我买票走上端桥，看到桥身两侧插满彩旗，在风中猎猎飘扬。游人们在桥上拍照，有人还用租来的望远镜观察对岸的情景，大家在战争的遗迹上享受着和平的休闲时光。端桥的游客不少，看来它的经济效益是可观的。从某种意义上来说，经济是一场更残酷的无形战争，同样落后了就要挨打，从战争遗迹中提炼经济价值，变废为宝，不失为一个好主意。

我在桥上安置的铁椅上坐下来，鸭绿江水在桥下静静地流淌着。看着江水，任思绪激起一朵朵浪花，这真是很美好的时刻。我翻开刚才买的《辽沈晚报》，巧的很，一下就看到一篇通讯，《鸭绿江端桥将复名"断桥"》。文章说，"端桥"命名以来，一直引起社会各界的争议，认为不能忘记历史忘记战争，应该恢复原来的名字。文章最后说，政府有关部门已决定将"端桥"重新改成"断桥"。在端桥上看到端桥的新闻，这使我感到有意思。不过，我想，断桥记载的是历史，端桥象征的是未来，历史固然不能忘却，但要注意，不能让历史成为我们前进的负担，毕竟我们最重要的任务，还是迈步向未来前进。

平遥的心境

从太原到平遥，乘车不过两个小时左右，等车也几乎用去了同样的时间，所以我来到平遥古城的西门，已经感到有些疲惫。看着那长城一般高高的城墙，我没有像想象中的那样激动。在城门斜对面，我走进一家锅仔面馆，要了一碗牛肉面，一边慢慢地吃着，一边抬头看一眼那古城的铁钉大门。店老板听出我的外地口音，热情地向我介绍游古城的路线，他知道我当晚还要赶回太原，就建议我雇一辆三轮车，并且自告奋勇为我找来一部车，帮我把车价从25元杀到10元。我谢了他，就爬上篷车里，车夫蹬起车，在车链条的摩擦声中，我仿佛骑着毛驴一般进了古城。

平遥在北魏时即设县治，一千多年来，百姓在这里繁衍生息，城墙、民居建了又毁，毁了又建，现存城池是明洪武三年扩建后留下的，城墙高9米6，宽4米5，周长6公里多，基本上保持完好，这在全国是绝无仅有的，因此为平遥赢得了一个"世界文化遗产"的殊荣。我在车上看到城墙上的戍楼，那里已经没有猎猎的军旗，只有彩旗迎风招展。

街道很窄，两部三轮车迎面而来，就需要让道。街两边大都是高脊瓦房，一层、两层，三层也是有的，不大多见。那屋脊古香古色，那砖古拙古韵，从砖缝间都可以看出一些历史沧桑的痕迹。临街一律是店铺，红木柜面，货架靠在墙上，室内光线显得昏暗，给人一种时光倒流的异样感觉。平遥自古以来商业发达，清中叶达到高峰，但商家往来，携带钱币发运货物，多有不测，由此镖局应运而生，出现了著名的华北三镖头。现在他们所在的镖局尚存，其神出鬼没的英雄业迹也还在人们的传说中，只是镖车、兵器已经蒙上了厚厚的灰尘。想来有趣，平遥商业的发达造就了镖局的兴盛，但是随着商业的更进一步发达，却是一步步地葬送了镖业，因为这时，票号出现了。清道光三年，中国第一家票号日升昌在这里诞生，它专营汇兑、存放款业，其分号遍布全国35个大中城市，业务范围遍及全国各地和欧美、东南亚等多个国家。票号这种现代银行的雏形，它为商家提供了镖局无法比拟的安全、快捷的服务，使晋商闻名天下。在日升昌旧址，我看到五进的大院森然严密，"汇通天下"的横匾表达着一种自豪与自信。想不到，这小小票号开了中国现代金融业的先河，我不能不敬佩平遥人那敢为天下先的创新思想。

据说，古城前些年差点被推倒新建，如果这不幸成为现实，当局者将是千古罪人。我在古城里看到居民悠闲地走着，游客们也是一派悠然自得。古城里没有都市的喧嚣，它让人们在这里找回了一种平和幽远的心境，这正是平遥的心境吧，其实很多时候，你到一个地方，获得一种心境比看风景更重要。

玉龙雪山

在丽江新城区，远远的就可以看到玉龙雪山，有一条叫做香格里拉的大道笔直地通向雪山。道路通车那年，丽江正好发生了大地震，据说这是因为雪山发怒了。在纳西族人的心里，玉龙雪山是无比神圣的，她是纳西人民的保护神和精神象征。

这座离赤道最近的雪山，由13座山峰组成，海拔都在5000米以上，最高峰是5596米，群峰南北纵列，山顶终年积雪，数万年不化，仰头望去，一大片晶莹闪烁，那是世界上最美丽的白色，那是会唱歌的白色。车还没到雪山脚下，那白色已经使我激动不已，我从没见过如此纯粹如此丰饶的白。导游在车上告诉我们玉龙雪山的神奇传说，我知道，每一座神山都会有一个迷人的故事，可是现在，我更想快快接近玉龙雪山，让我全身心融入那片无边无际的白色之中。我的眼睛一直往车窗外张望，那片白色不停地在我眼前跳荡着，像是一片跳舞的精灵。

我们的车穿过一片茂密的森林，来到了雪山索道站。据说这是全国高度最高的一条索道，下站海拔3365米，上站海拔4506米，全长2911米。坐上索道车厢，开始上升了，我们越过一片原始森林，向着雪山冰川升腾。这是一种飞翔的感觉，我离炫目的冰雪越来越近了，仿佛触手可及。白雪皑皑的山峰像巨大的白色金字塔逼近我的眼睛，我忍不住兴奋地大叫了一声。

从索道上站走出来，我一下子被眼前神异雄奇的冰雪世界深深震撼了。我的呼吸变得有些困难，我知道这不仅仅是因为高原反应，雪山的空气纯洁，令我那长期吸纳污浊空气的心胸一时不能适应。我大口大口地把胸中的浊气呼出去，像饥饿的婴儿一样，着急地把雪山的空气吸进来。

同伴间相互拍了几张相，我们沿着木梯向上爬去。这时太阳出来了，金光闪闪地照在白亮亮的雪山上，交相辉映，令人的眼睛无法直视。我看到有人激动地脱下了衣服，光着膀子，向着雪山主峰挥舞着手中的衣物，山上山下顿时有欢呼声响成了一片。雪山群峰云雾缭绕，人们说那像是一条条巨龙腾空而起，我不喜欢这种俗气的比喻。我所看到的雪山群峰宛如无所不知的神灵，极安详地注视着所有来到她面前的人们。我想她知道我是谁、我脑子闪过什么坏念头，可她只是极安详地注视着我，我心里蓦然升起一种敬畏。

　　这时我听到另一团队的导游说，雪山主峰太险峻了，至今还没人征服过。"征服"这个字眼使我感到十分刺耳，我不禁要嘲笑某些人的狂妄无知，以为爬上了一座山就是征服了她？错了，你爬上了山，可你很快要下来，而山依旧屹立在那里，最后你变成了山脚下的一把土，而山却是永远的巍峨耸立。从根本上说，大自然是不可征服的，人类只能与之友好相处。对于我来说，我爬到了玉龙雪山将近5000米的高度，我越往上爬越感到自己的渺小，这也正是玉龙雪山给我的启迪。

　　我真想在玉龙雪山多待一会儿，可我还是很快就下来了。玉龙雪山震撼了我，也征服了我。

石头还是石头

　　从昆明到石林的高速公路还在修建中，国道就显得十分拥挤，因为石林景区的知名度，这条道路注定是繁忙的，大部分的车辆都冲着石林而来。

　　进入石林县境内，道路两旁不时就出现一堆、一片高大怪异的石头，没有游客光顾它们，很落寞地躺在山坡上、田地里。越接近景区，石头越多越奇，人和车也越多了。刚刚过了"黄金周"，谁想到石林景区还是一片人头攒动的热闹景象。我们走到大石林，几乎都很难移动脚步，到处都是人，而且所有人都想以那"石林"两个字为背景留影，出现了别处难得一见的排长队现象。就这样我站在人群中，看到的人头比石头还多。我向身边的老尹嘀咕道，这么多人头，哪能让你好好地看石头？老尹大手一挥说，那就照张相，表示到此一游就行了。

排队照了相，我们沿着石头缝间石砌的小道往前走，人头渐渐少了，这让我很欣喜，终于可以好好地看看石头了。说是石头，这石林的石头可是非同小可，它是几万年前地壳运动的产物，更是大自然的杰作。石头是坚硬的，也是顽固的，可是在大自然的力量下，它还是悄悄地改变了自己的形状。放眼望去，一堆堆、一片片、一颗颗石头，鬼斧神工，千奇百怪，像茂密的森林，像高耸的城墙，像打开的城门，像怒视的眼睛，像举起的手，像神秘的面具，像咆哮的猛兽，像奔跑的骏马，像拔出鞘的剑，像亭亭玉立的姑娘，像裸睡的少妇，像安详的菩萨，其实只要你想象它像什么，它就像什么。在人的感觉里，这些石头全都获得了生命一样，任由你赋予形状，它们一下子就栩栩如生起来。

到了小石林，传说那块高高的岩柱就是阿诗玛的化身。阿诗玛的故事美丽而伤感，给石林带来一种凄美的氛围，某种意义上是石林最大的一笔无形资产。可是我怎么看，怎么都觉得那块岩柱不像阿诗玛，我想，是不是我的感觉出了什么问题？再举目向四处望去，所有石头都不再是别的什么，仅仅是石头而已。我想起一则禅语，开始见山是山，见水是水，再看则见山不是山，见水不是水，最后见山还是山，见水还是水。我感觉自己悟出了什么，我就想我没有白来石林一趟。

错过神女峰

刚从重庆上船，我们就把途中非看不可的景点——盘算好了。丰都鬼城、张飞庙、白帝城……神女峰自然是跑不掉的。那千万年来伫立江边的山峰，早已不是地理学意义上的峰峦，她以妩媚多姿的形态和绮丽迷人的传说滋润过我敏感的心。她是精灵，她是人世间美好爱情的象征。我和冯君满怀期待，一致把观赏神女峰当做三峡行的重要内容。看着客轮激起朵朵浪花，我的心也在跃动……

在时间的长河里，神女峰不仅未被湮没，反而被时间淘洗得越发楚楚动人。谁不知道神女峰的传说呢？王母娘娘的女儿瑶姬有一次和姐妹们到东海游玩，回来的路上经过巫山，发现这里峰崖挺拔，林木翠丽，不由流连忘返。当时大禹正在这里率领民众治水，瑶姬为大禹的精神所感动，便降临人间为大禹出谋划策，协助大禹消除了水患。不料，此事让天帝知道了，他责令瑶姬速归，瑶姬割舍不了凡世生活，宁死不从，便与姐妹们化作十二座山峰，永驻人间，其中最美丽的神女峰就是瑶姬的化身。

千万年来，神女峰伫立滔滔不绝的江边，她向人们诉说着什么？随着巫峡的临近，我的心一点一点地激动起来。神女峰，我看你来了，我愿意虔诚地倾听你的诉说。在这物欲横流的时代，你能给我们多少昭示啊？

客轮驶入了巫峡，两岸山峦高高耸起，披霞挂彩，一片金红绚丽。

我们紧张地期待着神女峰的出现。这时，甲板上来了一伙人，他们也是来看神女峰的。可是，两岸群山犹如电影镜头，一个一个地摇过去。神女峰呢？我和冯君有点慌了，问甲板上的人，他们也是初次来三峡，一脸茫然。这客轮服务质量很差，一路上几乎不广播的，但我和冯君还是急匆匆跑向广播室，谁知那儿没人。跑到船务室，几个女船员正在闲聊，我们问神女峰呢？神女峰呢？好像神女峰是一个失踪的孩子。一个女船员爱理不理地说："刚刚过了。"我们的心一下子凉了。跑到甲板上，那里也有人在追问神女峰呢？神女峰呢？竟然谁也没有看见神女峰，神女峰就那样在我们不知不觉的时候和我们擦肩而过……

我们沮丧得想跳江。许久，我们才迈着沉重的脚步回到客舱。我幽幽地告诉冯君："也许，错过神女峰会比看到神女峰给我们留下更深的记忆。"

其实，一个人在生活中，也常常这样错过许多美好的东西，回想起来总是让人惋惜，可是，见到的就一定是美好的吗？也未必，错过与相遇，无疑都是一种注定。

徜徉在凤凰

从吉首来到凤凰，已近中午时分。当汽车驶过沱江上的一座桥进入县城时，我从窗前一瞥，瞬间有惊艳的感觉——那就是凤凰古城，镶嵌在青山绿水之间，在璀璨的阳光下，像金子一样熠熠闪耀，威严的城楼，高大的城墙，绵延不尽的青砖灰瓦的小楼，蜡染土布似的沱江绿莹莹地穿城而过，江的两边布满细脚伶仃的吊脚楼。江边传来咚咚咚的捶衣声，还有船上苗家姑娘的山歌，江面上一群光着身子的孩子正在戏水。这城，这水，这楼，在这夏日的正午，显得这般恬静悠然，显得这般亲切与熟悉。在沈从文先生的书里，这幅图景我不知已经看过多少遍了。

走在凤凰古城的老街上，脚下是不规则的青石，年深日久，已被行人磨得锃光瓦亮，狭窄的街道像老蟒一般蜿蜒，两旁商贾林立，客栈、酒吧、银匠铺、蜡染坊、湘绣馆、苗族成衣店，还有各种名号的姜糖铺，熬糖的锅就架在街上，锅里咕嘟咕嘟地冒着泡泡，散发出一股微辛的生姜味道。街道上走着许多穿土布衣服的本地人，更多的却是背包的游客，人头攒动，却不喧嚣，也不嘈闹，一切都是静静的，像是一部无声的老式电影。

这个被称做"中国最美的小城"，实在也是很小。穿过北门城楼，就来到了沱江边，两排岩石笔直地安放在江中，每一块差不多都是等距离的，人们把这叫做"跳岩"，可供江两边的人来往，要是两个人在江中相遇，要侧身相让才能通过。江水清澈见底，水草、游鱼历历在目。从这里看到江边的土家吊脚楼群，几百根木柱伸入江中，撑起了一座座房屋，有的似乎已经微微倾斜，但是它们是连成一片的，相互支持和牵制着，使它们看起来还是那么牢固，一百多年的风雨并不能吹倒它们，只在墙头屋檐上留下了一些岁月的痕迹。

古城是宁静的，静得像是一个悠长的梦。坐在江边一座吊脚楼里，我要了一杯冰红酒，轻啜一口，一股清凉沁入肺腑，嘴里还有淡淡的酒味清新绵长。就这样不走了，坐在沱江边听着江水静静的流淌，看着远处青山如黛，想着远远近近的心事，这样的安闲和恬适，恍若梦中。

这样妖娆迷人的小城是注定要出现伟大人物的，千年的钟灵毓秀孕育了沈从文。有人说，沱江是凤凰的灵魂，其实沈从文更是凤凰的灵魂和精神。要是没有沈从文，凤凰的人文底蕴不知要逊色多少。因为沈从文和他轻轻的讲述，凤凰从湘西一隅走进了世界，走进了无数人的梦里。

雨花台寻墓

我想，在有雨花台之前，一定就有了雨花石，相传梁武帝时，云光法师在此讲经，感天动地，落花如雨，雨花台因此得名，但是在此之前，雨花石肯定已经存在，只不过它还叫着别的名字。现在的雨花台已变作一座陵园，虽然建有一座"古雨花台"，其实也不过是今人的寄托，古迹早已无迹可循。相比雨花台，我更喜欢雨花石，这晶莹圆润的卵石看起来赏心悦目，而且坚硬无比，有一种硬气的精神。

我独自一人在雨花台闲逛了一个小时，准备从北门出去，看到路边指示牌上写着"方孝孺墓"。对于这个熟悉的名字，我一时感到很陌生，回想了大约两分钟，方才想起记忆中是有这么一个名字的，不过对其生平事迹并不是十分了解，概而言之，只知道他是一个有骨气的读书人。明成祖兵入南京，让他起草登极诏书，这本来是个好差事，多少人求之不得，谁知他却不愿意干，成祖龙颜大怒，把他九族及其学生870多人一气灭了。在中国读书人数千年受害史上，这当然不够"经典"，不过也算得上是惨烈的一页。我呆立了一阵子，出于读书人对读书人的惺惺相惜，我决定去看

第二辑　神秘的文明

看这个倒霉的读书人的坟墓。

沿着指示牌的方向，我走上了一处小山坡。地上是掉落的松针，厚厚的，让人走起路来无声无息，似乎平添了一种肃穆感。铺路石的缝隙间长出了一些杂草，可见游客极少来到这里。我走上小山头，看到了第一座坟墓，原来是人马冢，辛亥革命时革命志士攻打南京城，牺牲了一批人和战马，后人把它们合葬在一起，故称人马冢。墓碑上有人像和马头，已经没有当年那壮怀激烈的气象，显得有些模糊。我向左边走去，走过一段弯路，又看到一座坟墓，走近一看，原来是"杨邦义剖心处"。说来真是孤陋寡闻，我竟然不知道杨邦义是何许人也，墓边的石碑上字迹模糊不清，我因惦念着方先生，不及细看，也就匆匆走了。再往斜里走上二三百米，远远的突然看到一座修缮豪华的大墓，呈圆顶形，墓碑下镇着一只巨龟。我不相信这就是方孝孺墓，然而它真是方孝孺墓，是江苏省政协1998年重修的。说真的，它修得太奢华了，因而显得太俗气了，这和我想象中那孤墓凄草的景象完全不同。我在墓前转了转，还是取出了相机，可是找不到一个能帮我拍照的人，过了好一阵子，有个手上拿着书本的年轻人走了过来，看样子他是附近的人，经常在方孝孺墓前读书，我请他帮忙拍一张照片，他疑惑地看了我一眼，喜欢与坟墓合影的人肯定不多，更何况坟墓里是这样一个不走运的读书人？

在方孝孺墓前拍了一张相片，我也就走了。走到大门口，又看到小贩们叫卖着雨花石，我忍不住蹲下来，捏了一下盆子里的雨花石，感觉到真硬，把我的指头都硌痛了。我突然想到方孝孺先生，也像这雨花石一样，硬梆梆的，但最后还是被暴政的铁拳击碎了。

我想在和平古镇迷路

旅游大巴绕着盘山公路曲折地前行，把满车的人颠簸得晕晕乎乎，要不是前方有着大家所期待的目标，谁也提不起兴致。峰回路转，山势渐渐平缓，一块开阔的谷地像是被两边山峰簇拥着推出来，面前的视野一下豁然开朗，天际边抹着一道道黛瓦翘檐，像是一只只翩翩飞舞的鸿雁，让人有惊艳的感觉——从车上下来，我就踮起脚尖往前张望，那连绵而去的高墙老巷，犹如迷宫一样扑朔迷离。

这就是我们期待的和平，位于闽北邵武市南部的千年古镇。据说和平曾经叫做禾坪，一个很乡土的名字，让人立即联想到一片稻禾翻涌着金黄的波浪，不知何时改成了"和平"？从明万历年间修建而保存至今的城堡，城门上的谯楼依然守望着家园，和谐、平安，这是城堡子民们向往的生活，即使在今天，又何尝不是我们所需要的生活呢？岁月更替，城堡在老去，不变的只有人心。

人群随着导游向古镇迤逦而去，我有意落在后面。脚下的青石板泛着油腻的光亮，这是千百年来无数双脚踩出来的作品，依稀透露着往昔的繁华旧梦。古镇里街巷纵横，深宅大院，雕梁画栋，飞檐斗拱，像一幅徐徐打开的古画，悠远的气息迎面飘来，让人心里不由激起邈远的情思。这几年我到过的古镇老城也不少了，丽江、凤凰、平遥、周庄、木渎、同里、乌镇……都是游人如织的地方，而面前的和平，走过的多是当地居民的身影，只有三三两两的游客忽闪忽现，这种落寞的情形颇有些返璞归真的意味。要是满街的熙熙攘攘，古镇也不过是对都市的拙劣翻版，那其实是一种败坏和沦丧。突然我想一个人随意地走走，就在这古镇里迷路好了。这个幽静的古镇适宜迷路，让你不经意就走进一间古宅，你可以仰头看看它威严而斑驳的门楼，用平视的目光抚摸那些历经沧桑的门楣、花窗，也可以低下头来，看看脚下河卵石缝隙间长出的青苔和小草……其实这样挺好的，我想得美的时候，前面的同伴招呼我快点跟上。我想迷路的念头就此落空了。

导游拿着小喇叭告诉我们说，脚下的旧市街贯穿古镇南北，全长600多米，宽4至6米，被誉为"福建第一街"。宋朝就有这条旧市街了，明朝又加以修筑，算来已有上千年的时光从这青石板上走过，"福建第一街"也是名不虚传，因为北高南低，整条老街随形就势地起伏着，两边是纵横交错的小巷，长长短短，深深浅浅，这些幽然的小径让人想入非非，似乎面前突然会飘过一个丁香般的青衣女子。有一条叫做和气巷的巷道最宽处75公分，最窄处50公分，要是两个人相遇的话，眼睛都无法躲藏，必须相互侧身才能通过，如果你在这里迷路了，不是正好可以面对面地问问飘然而来的丁香女？还有一条潘家巷，尽头处一个转弯，又是一片新天地延伸而去，让人心里怦然一动的是，转弯的墙角怕伤了人，竟细细地磨平了尖角。这看似微不足道的细节着实有人情味。如果在这里迷路，你只要摸摸那磨钝的墙角，一切都会笃定而欣然。

可惜我无法迷路，跟着导游和人群看过了分县署、廖氏大夫第、黄氏大夫第、李氏大夫第，来到了和平书院。这座古老的书院造型颇有意思，北大门像一顶官帽，三扇门形成一个"品"字，进入书院大厅要登上十三级台阶，前六级意谓刻苦攻读，然后考取功名，从第七级开始便是七品到一品，步步高升。诚然，和平书院由黄峭在后唐时创办，一千多年来和平文风炽盛，人才辈出，这么个小小的地方就出了一百三十多个进士，也正因为许多人有了功名，从此高官厚禄，才有可能在老家大兴土木，用心地营造家园，大夫第、祖祠、牌坊，错落有致地围成一座和谐平安之城。看来和平之兴，首先要归功于文化。书院的兴盛，开创了一方水土繁华和文明的数百年纪元。现在书院已有些寥落破旧，但它的历史依然让人肃然起敬。

从古镇出来，回到新街上，仿佛时光倒流回到现在，我像一个外来者从历史深处被推了出来。浮光掠影的行走，让我再次遗憾不已，这么朴拙清幽的古镇，为什么不在里面迷路一回呢？要是迷路了，在里面走不出来，恍惚走进久远的时空，随意从砖雕花窗中就能触摸到它四千年的历史气息。这无疑是一种诱惑，希望还有机会来到和平古镇，然后迷路了。

那一定是很美好的事情。

利川的三个洞

人类早期栖身于洞穴，后来人类从洞穴走了出来，这大概是一个很漫长的过程；现在，人们又向着洞穴蜂拥走去，不过这时却有个新的命名了，叫做"旅游"。在利川短短四天，我就游了三个洞。

第一个洞叫腾龙洞，距利川市区仅6公里。未见其洞，先闻其声，一阵壮烈激越的水声几公里外就传入了人们的耳朵，当人们站在公路这边遥望腾龙洞时，只见浩浩荡荡的清江突然跌落30米的深渊，齐刷刷地跌落——

不，我更愿意把它看成是站起来了，雪白的清江水在悬崖上站起来了，它呼喊着，它歌唱着，天地间回响着巨大的轰鸣声，犹如万马奔腾，更像是一部宏大的交响音乐，令人精神无比振奋。先声夺人，这腾龙洞前"卧龙吞江"的气势一下子就震撼了我。就像一部伟大的作品必定有一个漂亮的开篇一样，腾龙洞这一开头果然不同凡响，为它的"中华第一溶洞"称号定下了基调。

走到洞口，抬头仰望，一下感到人的渺小。洞口高74米，宽64米，就像一个庞然大物猛然张开了大口，人站在下面，不过是它牙缝间的肉屑。我心里不由升起一种对大自然的敬畏之情。据说腾龙洞最高处235米，初步探明洞穴总长度52.8公里，其中水洞伏流16.8公里，洞穴面积200多万平方米，利川市80多万人口全到洞里来，人均面积还有3平方米以上。美国卡尔斯巴德洞闻名遐迩，1950年列为美国国家公园，号称"世界第一洞"，面积不过是5.6万平方米，只有腾龙洞的零头。腾龙洞不仅面积大，洞里还有150余个洞厅，大小支洞300余个，山峰5座，瀑布10多个，可谓洞中有山，山中有洞，洞中有水，水洞相连。数百年来，腾龙洞养在深山人不识，据《利川县志》记载，清光绪年间，有采硝人举火把入洞，行十数里，见妖雾山，惧而返，从此再无涉足者。直到1985年，利川政府组织两次勘探，才有人越过山去，也正是从这时候开始，腾龙洞渐渐为外人所知。

走在洞里，地上只有一团团飘忽的暗影。洞壁上装了一些小灯，导游打着手电筒，这些光线在高大宽阔的洞厅还是显得那么微弱，但是当你的眼睛适应了之后，你就会看到高高的洞顶上悬挂着危岩怪石，而两边的洞壁上则是千姿百态的钟乳石。越往里走，越感觉一股寒意徐徐而来。翻过第一座山——金字山，不知不觉已走进洞里约2公里，导游说，如果要往前走，走完全洞，至少要一个星期。王安石早也说过了，"入之愈深，其进愈难，而其见愈奇"。作为一般游客，我们只有原路返回，把那"愈奇"的景观留在心里来想象了。即将出到洞口时有一汪水，像镜子一样清澈，导游用手电筒一照，只见水里静静卧着几只浑身透明的小鲢鱼，令人有些诧异。可怜这小鲢鱼不幸生于地穴深处，终日不见阳光，连眼睛也退化为一层薄膜。像它这般体质，看来只能继续在洞里生活下去了，也许它还应该庆幸呢，它生活在一个神奇的洞里，本身也成了神奇的一个小小音符。

朝阳洞位于利川市南坪乡朝阳村，像是一只宝匣隐藏在巍峨的齐岳山下。跟腾龙洞相比，它就显得太小了，初步探明洞穴面积20多万平方米，首期开发1.5公里。然而，小就是浓缩——天下美景全都浓缩到朝阳洞来了。一走进洞里，满目就是嶙峋的怪石、千奇百怪的钟乳、雪白如玉的石柱，水流潺潺，薄雾氤氲，令人恍若走进一个梦幻世界。跨"银河响水"，过"野生峡"，进"宝德门"，登"点将台"，人们给不同的景观安了许多好听的名字，其实你在心里也可以有自己的命名，这样，那些鬼斧神工的石柱、石笋、石花就属于你了，你愿意把它想象成什么样，它就是什么样。我行走在朝阳洞的时候，一路地想，它们是谁呢？它们是人类不愿走出洞穴的兄弟姐妹，它们全变成了不食人间烟火的神仙，在这洞里永远无忧无虑地过着逍遥自在的日子。

如果说朝阳洞是神仙住的琼楼玉宇，水莲洞便是我等凡夫俗子的乐园了，当我坐在电脑前敲打这篇文字的时候，我还清楚地听到一阵阵歌声与欢笑从幽深的洞里淌出来，像流水一样不断地淌出来。那天我们来到这个位于利川市凉雾乡的洞，走了一段旱洞，在水洞前听了"土家山歌大王"牟奇祥祖孙三代唱山歌，全是原汁原味的对唱，朴实动人。接着我们一边回味着歌声，一边乘船入洞，水深不足一米，船工用竹篙在水里轻轻一撑，船便静静地驶向前去。洞里谧然恬静，连流水都是悄然无声的，你可以随着导游的手电筒静静地观赏，那些奇特诡谲的岩石，那些惟妙惟肖的钟乳石，令人目不暇接，流连忘返。到了返程的时候，站在船头导游的土家妹子突然亮开嗓子，唱起了名扬中外的利川民歌《龙船调》。这船唱起来了，那船也唱了起来，土家妹子天生的好嗓子像清冽的河水一样，晶莹剔透，她们动情地唱着，船上的人大声地打着哦嗬：

正月里是新年哪依哟喂，

妹娃儿去拜年啰喂……

这水莲洞俨然一个天然的完美的音乐厅，我们的歌声此起彼伏，激扬回荡，像是多声部的和声，金石般响彻洞里洞外。土家妹子越唱越起劲，撑篙的船工也对唱起来了，船上的人都使劲地扯着嗓子应和着。唱完了一首又一首，一首更比一首高亢，其实不能说是唱了，是喊，土家人一直就把唱山歌说是"喊山歌"，那歌声就是从我们心里喊出来的，带着我们的心跳变作一支支旋律的。

利川的这三个洞给我留下了永不磨灭的印象，我知道，我会时常地想起它们。相对于我们现在生存的空间来说，洞是另一个世界，是"别有洞天"。世界上只有一个利川，而利川地下却有这么多个神奇雄伟的洞穴世界。这是大自然给利川的造化。如果说腾龙洞是一部史诗般气势磅礴的长篇小说，朝阳洞便是一个结构精巧、美轮美奂的短篇，而水莲洞则是一个一波三折、回肠荡气的中篇。它们都是大自然几万年甚至几亿年来呕心沥血的杰作。就因为这三个洞，全世界都要羡慕利川了。

永宁镇海石

曾与天津卫、威海卫齐名的永宁卫，在近代史上衰落了，它没有像前二者一样发展成城市，今天只不过是方才十二岁的石狮市的一个镇。永宁卫的衰落，到底有什么缘由与变数？我无力揭开这个谜，我想，也许五六百年来一直屹立在朝阳山上的镇海石能告诉我们一些什么。

在永宁卫古城南门的朝阳山，不过是很低的小山坡，就是它承载着巨大的镇海石，因为石的大与抢眼，更显出了山的低矮。镇海石状如一粒硕大的南瓜，高6米，基底宽3.3米，到底有多少吨重就不得而知了。它峻峭挺拔，四周无所凭仗，就这么孤零零地立在一块岩石上，依山面海，显出许多孤傲。临海的那一面，有三个苍劲有力的楷书"镇海石"，是明代抗倭名将俞大猷亲笔所写。据说镇海石的来历跟他有关，有一次，俞总兵率部偷袭倭寇，敌人不敢恋战，逃出永宁卫，直往海边逃窜。俞家军穷追不舍，可是追到海边时，倭寇已上船离岸了。俞家军一时找不到船只，只能眼睁睁看着敌人逃脱，但是就在这时，天边突然响过一阵巨雷，原来是一块巨石从天而降，行如闪电，直往倭船砸去，转眼间把倭船悉数砸沉，然后呼啸一声，向朝阳山飞去，从此便驻扎在山上。这是典型的民间传说，中国人总是喜欢把某物的来历神化，罩上一层神秘的迷雾，使真相逐渐遮蔽。在我看来，镇海石只不过是自然的造化，是时间的作品。

站在镇海石边上，前面几十米的地方便是黄金海岸，一望无垠的大海，浪涛汹涌的声音阵阵传来，景致真是不错的，可惜四周围有人乱搭盖乱开采，实在大杀风景。据说石狮建市时，就把镇海石列入第一批保护名单，还立了一块石碑，几年前这块石碑便倒伏在草丛中，现在已不见踪影，疑是被人偷回家砌了灶台之类的。更叫人惋惜的是，还有两块明、清立的古碑，躺倒在地，任人践踏，碑文已模糊不清，无从辨识。倚重经济而轻视人文，我不知道这是不是永宁卫衰落的原因之一，镇海石巍然耸立，几百年来迎风沐雨，经霜受热，默默地注视着永宁卫的繁华与衰落，它看到了，可是它能说些什么呢？它什么也说不出，只有石头永恒的沉默。

老去的难老泉

"三晋之胜，以晋阳为最，而晋阳之胜，全在晋祠。"这是印在晋祠门票上的一句话。所以到太原的人，不能不到晋祠一游。不过，到晋祠的路实在太糟糕了。满路是运煤的大货车、长挂车，天空中飞满了煤灰，坑坑洼洼的公路在车轮下喘息，乃至扭曲变形。我所乘坐的公交小巴不停地颠簸着，左冲右突，来到晋祠山门前，我已是一身灰土。

晋祠之美，有人总结出"三美"，即山美、树美、水美。晋祠所在的山叫悬瓮山，据说原来山上有一巨石，如瓮倒悬。它巍峨耸立，像是伸出长长的两臂，将晋祠搂入怀里。悬瓮山因晋祠添了许多灵气，晋祠因悬瓮山多了一份庄严。

走进晋祠，满目是苍劲的古树，其中最著名的是周柏和唐槐。从它们的名字，你就可以知道它们真有一大把岁数了。那周柏，树皮早已皲裂，树冠上却还有一枝、两枝、三四枝的青叶，像是旗帜一样在风中飘扬着；而唐槐，粗硕的枝干上，依旧是绿叶如盖，令人感叹它强大的生命力。

山美、树美，但是说到水，却只有令人悲哀了。李白当年来到晋祠，曾赞叹道："晋祠流水如碧玉，微波龙鳞莎草绿。"晋祠向以泉眼多、泉水清而闻名，无论殿下亭后，皆有泉水叮咚作响，似乎整个晋祠就是漂在泉水上面似的。其中难老泉是众多泉眼的眼与魂，所以也才敢叫做"难老"。我来到难老泉前，一件难以置信的事情发生了，难老泉一滴水也没有，枯竭的泉底几近皱裂，上面还丢着纸片和矿泉水瓶。我几乎以哀悼的心情看着枯竭的难老泉，据说难老泉三四年前便已老去，你想，一眼从远古流淌至今的泉水，历经多少春秋日月，突然在我们这一年代消失，这是多大的悲哀啊，莫非它已经不喜欢我们，而宁愿消失在地表深处？我们早已能够飞上月球，却保不住地球上的一眼泉水。我不敢再看已经老去的难老泉底的纸片和矿泉水瓶，羞愧而走，因为我想到自己也曾在别处乱扔过垃圾。

晋祠三美，少去了一美，这是多么沉痛的遗憾。真希望难老泉老去只是暂时的，它有一天还能活过来。

东宁要塞

我们来到东宁要塞的地下通道入口处，正有几个游客迎面钻出来，其中一个年纪大的皱着眉头对我们说，里面空气让人憋得难受。但我们还是弯着腰走进了要塞，感觉到一股阴气徐徐扑来。

这是侵华日军在中国修建的亚洲最大的军事要塞。1933年8月，日军占领黑龙江东宁县后，按照既定的侵占东北亚计划，开始把东宁变成进攻苏联的最大军事基地，奴役17万中国劳工，历时3年，用钢筋、混凝土修建了东西50公里、南北93公里的要塞，分胜哄山、庙沟和北天山3个主阵地；每个主阵地有3个地下要塞和数百个地面永备工事，还建了10个军用机场、1957公里军用公路、400多公里永备铁路、400多座仓库、1座兵工厂和4个陆军医院等等，被日本关东军称为"东方马其诺防线"。目前，当地政府开辟旅游景点的关键是勋山要塞。

洞里的水泥地面非常平整。两侧有大小不等的兵室，每个兵室都有门，红松门套的痕迹还依稀可见。岩壁西侧布满了拉电缆用的铁钩，地下一侧则有排水沟。往里走了大约10多分钟，右边出现一条十几米长的台阶。沿台阶而上，是一个拱状的房间，面积400平方米左右。向左拐又有两个100多平方米的房间，上面钉着小牌子介绍说，这是指挥室和军官寝室。顺着指挥室向上又是十几级台阶，有两个大水池和两个房间，这就是蓄水池和发电室。越往里走越感觉到空气污浊。其实洞内甬道很宽，有1.5米左右，高则近2米，可以让人直起身子，不怕碰到头上尖利的花岗岩石块，但是当年在刺刀下被迫开凿地洞的中国人，却是蜷着身子，忍辱负重，据史料披露，17万劳工大多被折磨致死或秘密杀害，被发现的"万人坑"白骨成堆。洞里的陈列室摆放着几具白骨，这些骷髅已经不能用语言控诉罪恶，可是我愿意相信，他们的魂魄无法散去，一直在洞里徘徊不已，因为他们有太多的凌辱和冤屈。我的朋友很虔诚地对着白骨双手合十，祝愿他们早日超度。不过我想日本政府至今不向中国人道歉和赔偿，这些冤死的魂灵又如何能够安生？

1945年8月15日，日本天皇宣布无条件投降，可是在东宁要塞，由于苏联红军的猛烈攻打，日军通信设施全部中断，日军并不知道日本投降的消息，仍然负隅顽抗。日军凭借地形险要，地下工事火力凶猛，打退了苏军的进攻，使苏军伤亡惨重。后来，苏军从吉林省押来了一个军衔中佐的战俘，让他向日军喊话劝降。第一天，日军不相信天皇已宣布投降，继续抵抗。8月30日，苏军让他进入地下工事，宣读了天皇的诏书和关东军向苏军投降的命令，那些日军才感到大势已去，挂出白旗向苏军投降。所以，东宁要塞成了第二次世界大战的最后战场。

从要塞里走了出来，我们大口地呼吸着外面清新的空气。对面低矮的山坡上，覆盖着薄薄的积雪，在阳光下反射着微弱的光芒。原来漫山遍野的明碉暗堡，大多已经损毁，只是作为旅游配套设施，就地存放着一些军用坦克。这些风吹雪打的钢铁锈迹斑斑，但是它在提醒着人们：千万不要忘记罪恶的战争。

别有洞天的地下园林

苏州园林早已驰名中外，拙政园、狮子林、留园……这些天堂般清灵嘉秀的景致，即使未曾到过的人也从画报上、屏幕上饱过眼福，大都耳熟能详了，可是如果说起地下的园林，恐怕就有许多人要问了，苏州地下还有园林吗？那是在哪里？

让我告诉你吧，那"地下园林"就在西山东部的林屋山下，俗称龙洞的林屋洞便是。其实，"地下园林"只是我自作主张的命名，但我相信，每个从林屋洞山来的人，都会认同这命名的。

那天，苏州的朋友肖带我到太湖边的石公山转了一圈，半天的时间还剩下大半，他对我说，接下来我们到林屋洞，你一定会喜欢。那时，天飘着细雨，天地间弥漫着一片雨雾。远远看到林屋洞的入口处，若隐若现的，像是某一灵物张开的大嘴，但我们却是欣欣然地投入其中。猛一回头，那大嘴似乎已经合上，置身一片光线幽暗的嶙峋怪石之间，恍若来到太虚幻境。面前是绵绵不尽的岩石，像是波涛起伏的大海，茫茫不可测。据科学家说，这里几亿年前就是一片大海，后来由于激烈的地壳运动，才形成了这个石灰岩溶洞，因为立石成林，顶平如屋，得名林屋洞，它的洞龄至少也有2.5亿年了。

　　林屋洞藏匿于山体内部，山里有洞，而洞里又有山，洞中有洞，大洞套小洞，洞洞相通，曲折反复，分明是一个岩石的迷宫。走在状若战壕的石埂里，只见一块块石头圆润如玉，体态却是十分顽劣，形形色色，无奇不有；四周围的岩壁也很光滑，不时有一滴水从你头上滴下来，让人精神为之一振。脚下有清浅的水汩汩流淌，据说洞里无形的泉眼不计其数，而有形的泉眼只有两个——乳泉和紫隐泉。乳泉白如乳汁，紫隐泉水源充沛，她们像是两支小曲在洞里叮叮咚咚地弹唱着。有了活水，这洞就不寂寞了。游人的身影倒映在清澈的水面上，轻轻摇晃，刹那间不辨身在何处。

　　越往洞里走，越感觉到深邃，我知道，那个红尘滚滚的尘世被坚厚的石头远远地阻隔在了外面，在这愈来愈深的地方，脚底是潮湿的，思绪也变得潮湿了。在中国道教十大洞天里，林屋洞列为第九，称做"天下第九洞天"，古人又把它叫做"仙府"。人在现实里活得太累，所以营造园林来修身养性，而林屋洞这天然的地下园林，鬼斧神工，超然物外，犹如时间隧道，让你回到一种混沌状态，一切尘世俗念无形地化解在几亿年沉默不语的岩石之间。

退思园若有所思

苏州园林这般人造天堂，似乎只能产生在"红尘中一二等富贵风流之地"的姑苏城里；像同里这般富庶的神仙地，有那么一座退思园，自是顺其自然的事情。

退思园主人是曾经官至安徽兵备道的任兰生，在他四十八岁那年，也就是光绪十年（1884年），遭人弹劾，革职回到同里。仕途从来险恶，免职回乡算是一种比较轻的处罚了，至少任兰生还是衣锦还乡的，财富不减当年，所以他能潇洒地甩出十万银两，大兴土木营造私家园林。据说任兰生不愿露富，便打破园林的建筑常规，一改传统的纵向结构，而采用横向结构，自西向东，左为宅、中为庭、后为园。"退思"二字，意谓"退而思过"。可是在这精美绝伦的人间仙境里，谁知道任兰生能"思"到一些什么？

我走进退思园已经是建园一百多年后的2004年了，历经风雨、战火和文革浩劫的沧桑，这里修茸一新，游人如织。退思园不大，占地仅九亩八分，但是亭台楼阁、廊坊桥榭、厅堂房轩，应有尽有，"水芗榭"和"眠云亭"可以下棋解闷，"揽胜阁"则适宜作画和远眺；春有"闹红一舸"，夏有"菰雨生凉"；伫立"天桥"，可以感受八面来风，小坐"辛台"，可以读书，"三曲桥"小憩，可以抚琴听乐。放眼园中，处处都是无法挑剔的美景，樟叶如盖，玉兰飘香，一泓泓清洌的活水，像精灵般在诸多建筑物之间游曳。这般清雅幽邃的地方，适宜怡情，却不宜思过。再说中国文人从政，一旦失意，便寄情山水，从此隐居，很少能够认真反省自己，而隐居也大多是一种策略而已，用现在的话来说，这是一种不大高明的创意，不过却颇为奏效。果然，任兰生在新建的园林还没好好享受几天，朝廷一旨令下，给予复职录用，他立即作别退思园，披挂整齐，飞速奔赴安徽，可惜这一去不复返，同年便病死于皖北灾区。看来，他退而思之，最后还是解不开"进思尽忠"的情结。

我在退思园转了一圈，出来时看见一门楣上有"留人"二字，心想人到底是留不住的，尽管它让人流连忘返，留下的只能是园子，园中美景以及园主轶事，也许可以给不同的人若有所思地留下不同的感慨。

梦一样的同里

即使一个正在气头上的人来到同里，也立刻会变得心平气和。同里天生就是让人清心安闲的地方，来到这里你就什么都放松下来了，天大的事也能想开了。你看，四周围碧波荡漾，它就像是浩渺大海里的一座仙山琼岛，像是人们一个酣畅完美的梦，那蜿蜒的小河，那斑驳的石桥，白墙黑瓦的古宅，幽黑发亮的青石板路，小船轻摇，绿影婆娑，女人在河埠上浣衣，男子在老店铺前饮茶，这种从容与悠闲，像一泓细细的清泉在这个江南小镇轻轻地流淌，一天、一年、一百年、一千年，有声有色地气韵悠扬地流淌着。

像我这样天性散淡的人，来到同里，便有一种相见恨晚的亲切。相传同里早年叫做"富土"，这种敢于显富的自信，来自于大自然得天独厚的恩赐，因为这里风调雨顺，物产丰饶，"柳桥通水市，荷港入湖田"。某年全国各地大灾，许多地方交不上"皇粮"，于是官府下令，富土既然叫做富土，每人增缴三斗，这时富土百姓慌了，有一读书人急中生智，将竖排的"富土"两字重新排列组合，变成了"同里"，终于瞒过了官府。这一传说固然无法证实，却也见得，同里从来就是温柔富贵之乡。因为一个机会，我在同里住了七天，这像是一次愉快的散步，走在河边的老街上，恍如走进远离尘嚣的世外桃源，时间好像静止不动了，一切都显得那么安谧而超脱。古宅、古桥、古树，还有一股古风悠悠扑来。这里没有都市的喧哗与骚动，这里飘动的是洗尽铅华的质朴和本真。江河湖汊天水相连，水天一色，太平、吉利、长庆，三桥曲折贯通，退思园、嘉荫堂、崇本堂、耕乐堂、务本堂、陈去病故居、丽则女校，一座座庄重古朴的深宅大院，一座座精巧绝伦的园林小筑，隐藏在碧水绿树之间。朱颜尽去的门环上，留下了时间的斑斑锈迹，而门前的河上，波光粼粼，一叶叶小舟轻快地划过，它们给这个安静的小镇带来了动感，像是一粒粒跳动的音符。

其实你在同里，就不要有赶路的念头了，把脚步放慢下来，随心所欲地走，漫无目的，在你漫不经心之际，就会有许多景致跃入你的眼帘。一桥、一街、一屋、一树，看得见，摸得着，船橹声咿咿呀呀，渔歌像醇香陈酿一样飘过。"人生天地间，忽如远行客"，街巷逶迤，款曲相通，要是走累了，随便找一个地方坐下，树下河边，凉风习习，不由让人酣然入梦。在这梦一样的地方，即使做不了美梦，发发呆也是挺好的。

神秘的文明

1998年，我从成都到德阳路过广汉，居然没想到去看看三星堆。我想这次我是无论如何不能错过了。

本来W联系好了几个朋友的车辆，可是我们等不及了，还是到车站搭车走了。从成都到广汉40公里，走高速公路半个小时也就到了。我们下车后坐上一辆人力三轮车，穿越了广汉市区，到湔江边转乘公交车，五分钟就来到了三星堆。

三星堆遗址是在1929年发现的，谁也没想到，一个当地农民的偶然发现，竟然揭开了一个远古文明的神秘面纱，震惊了全世界。传说玉皇大帝从天下撒下三把土，落在广汉的湔江边，变成耸立在平原上的三座黄土堆，像是一条线上的三颗金星，三星堆因此得名。实际上，这三堆土是一个曾在历史里辉煌过而又被历史湮没的千年古国的南城墙。早在四千年前，蜀人就在成都平原建立了一个强大的古蜀国，它存在了1500多年，然后神秘地消失了2000多年，三星堆的发现犹如石破天惊，使这个消失的文明重见天日，使现代的人们惊叹不已。在学术界，三星堆被誉为本世纪最重要的考古发现之一。

青铜尊、青铜鸟、青铜神树、青铜面具、青铜鸟身人面像、金杖这些出土的文物，精美绝伦，不像是人间所有，让我们越看越觉得陌生。在中国现有的同类出土文物里，它们实在是异数。那尊青铜戴冠纵目人像，似人非人，似兽非兽，更像是今天好莱坞大片里的外星人，头上的冠是遥感天线，突出的眼球好像照相机的镜头一样，可以随意地伸缩；那戴了金面罩的青铜人头像，金碧辉煌，据说在夏商时期的整个中国范围内，从文献到考古资料，都无此文化因素的来源，那么他到底从何而来？还有那青铜大立人像更是奇特无比，隆眼高鼻，头戴高冠，身披法带，穿左衽燕尾长袍，袍上绣着龙，他的双手腕上戴着手镯，双脚赤裸，小腿近足踝处戴着有方格纹的脚镯，这种穿着打扮既不是古代巴蜀，也不是西南夷人和中原民族的装饰习俗，那么他又是谁呢？

在三星堆，你会有太多的疑问了。尽管专家们提供了各种说法和答案，可实际上这个远古文明对现代人来说，还是个迷雾重重的谜。这个神秘的文明从何而来？归结于外星文明，实在是很简捷的答案，也许你会以为无稽之谈，可是你能确证它就不是外星文明吗？为什么如此强盛的文明竟然消失了？这个问题显得沉重了一些，谁又能够说得明白呢？

离开三星堆，我和W又回到了都市，我突然想，要是我们现在的这种都市文明消失了，不知以后的人会怎样发掘与认识我们现在的文明。

延祥村的兴衰

这是一块被深山密林环绕的开阔盆地，一千年前，就有沙县的刘姓人家来到这闽西北的崇山峻岭垦荒定居，把村子取名叫做刘源。二百多年后，将乐的杨姓也来了，据说杨姓始迁祖杨万福是著名理学大师杨时的四世孙，后来，杨万福的孙子杨五九有一天看见了野地里跑过瑞鸡玉兔，大为惊喜，连忙划地插上标志，在这里大兴土木，并把村子改名叫做延祥。刘姓在此繁衍了42代，陆续迁移，目前只剩下两户人家，而杨姓人丁兴旺，且外迁较少，很快成为延祥第一大姓，第二大姓是元朝迁来的官姓。清朝大书法家伊秉绶曾给杨氏后裔杨芳写一对联："先代擅文名，云路已舒骐骥足；后昆传学业，梧冈多有凤凰毛。"当年杨五九看见瑞鸡玉兔的预兆，在明清时期变成了现实，这里陆续建起了规模宏大、雕梁画栋的府第豪宅。雄伟的牌楼、精致的神龛、名人题署的金匾、平坦的石板小径，还有富足闲适的耕读生活，延祥人不免生出了"上有天堂，下有苏杭，除了苏杭，只有延祥"的豪情。

时光匆匆流逝，数百年历史像一页书翻了过去，当年延祥的辉煌还在吗？历史的尘埃能够遮蔽它的锦绣风流吗？

我们从宁化泉上镇前往延祥，带路的宣委小张让我们要有思想准备，从泉上镇到延祥村的15公里山路，"五里横排，十里岭"，会让人骨头都震断了。年久失修的山路，果真是难走，汽车颠簸不已，车里的人像跳舞一样，不时摇来晃去。快到村口时，总算有了一小段水泥路。村口的路边有一幢高大的老房子，下车一看是三五应泰公祠，这是纪念杨三五、杨应泰两兄弟的。走近一看，我们全都大吃一惊，这公祠只有个外部的空壳子，里面全都掏空了，梁柱坍塌，花窗敲烂，砖雕损毁，地面上和断裂的墙头上长满了杂草，牛粪遍地都是。小张说，前几年还没破得这么厉害。看来，一座老房子从衰老到死亡，是一个很短的过程。如果遭到人们的遗弃和破坏，那它就会死得更快。

我们带着沉重的心情往前面走去，那是个叫做下村的自然村落，远远看是一片青色屋瓦，很有些规模，稍一近前，便是满目疮痍，所有的老房子无不千疮百孔。原来称做"百间房"的房子有三幢，一幢多年前毁于火灾，一幢建于清乾隆末年的杨鼎铭故居，史载占地面积1900平方米，有99

间房子，16口天井，现在到处是残墙断壁，破败不堪。遥想当年，这里必定是窗明几净，满屋生辉，现在一片荒凉，有些黑乎乎的房子里还住着个别老人，看到生人出现，神情茫然，有的还喃喃自语似的说，全烂了，全烂了。杨鼎周故居更是成片成片地坍塌，屋瓦不存，梁柱委地，墙头上爬满了薜荔，已完全成了一片废墟，这种程度的破败超出了我们的意料，令人无言以对。

我们在这片风烛残年的老房子里穿行，不时可以发现一些古旧的牌匾。"杖朝元老"，这是当年道库大使杨雁宾八十寿辰时的寿匾，上面落满了尘土。"文豪甫著"，这是当年学院陈嗣龙赠送给邑庠文学杨升的金字木匾，陈迹斑斑。还有"学绍金华""代有文豪""达尊有二"等等牌匾，高挂在黝黑的厅堂上，历经多年的烟熏火燎，变得焦黄破损，锈蚀斑驳，只有那苍劲的字迹还透露出当年的诗文风流。厅堂的楹联也随处可见，"师门三尺雪，相府四知金""世泽启衔环，永念阴功燕翼；家声传立雪，毋忘理学渊源"字里行间飘浮的书香，似乎和现在的环境不大协调。我们在一户人家的中堂上还看到一张清朝的捷报，这就是今天的喜报，因为年代久远，风吹日晒，纸面已经发黄皱裂，幸好字迹尚能辨认："贵府老爷杨名驹，奉旨恩授监元，送部注册候选州左堂遇缺，荣任，京堂。"据说村民家中还保存着清康熙甲午科举人杨大翔入京赶考途中从江苏镇江写回来的家书，可惜不能看到真迹。

我们走到孔坑，一口池塘后面有一排土木结构的房子，一座半新不旧的房子墙上保存着当年红军的标语。孔坑主要以孔坑茶而著名，传说明正德年间，延祥人杨德安任浙江金华知府，每次赴京，就带上孔坑茶送给皇帝和大臣品尝，深受赞赏，被列为贡品。孔坑茶味道清醇、芳香绵长，茶叶可以久放而不易变质。现在孔坑的高山上还有一片老茶林，就是正宗的孔坑茶树。

傍岭上是又一个自然村落，在小张的带领下，我们推开了杨澹圃故居厚重的木门，发现有的房间锁上了，还有个房间辟作了牛棚。走到院落里，只见墙下有一个花坛，上面长了一株牡丹，株高三十厘米左右，也就是一根光秃秃的树枝。小张介绍说，这是二百多年前从洛阳带回来的牡丹，最高时长到一米多高，每年都会开花，二十多朵鲜艳的花朵开得非常漂亮。可惜我们来的不是花期，也就无缘目睹那牡丹盛开的美丽景象。在另一户人家的院落里，有一口巨大的瓷缸引起了我们的注意，这是一口一米多高、口径一米的釉花瓷缸，外面雕着飞龙腾凤和珍禽异兽，看样子显得非常高贵和大气。据说这缸产于明朝，用于盛水消防，现在里面依旧盛满了水，却是有些浑浊了。

离开延祥时，我们的心情都有些沉重，这样一个人文积淀深厚、明清建筑美轮美奂的古老村落，因为种种原因而走向了衰落，大多建筑沦为不可收拾的废墟，这是令人无法回避的惨痛现实。在我看来，挽救延祥村的古建筑已经几乎不可能了，既然无法恢复原状，那不如将"废墟"作为一个看点，把这样一个曾经辉煌过的"废墟"保护起来，让人们来看看，一种文化如果不加以妥善保护，就会败落到这种程度，人们呀，引以为戒吧。

华山三条路

自古华山一条路。在我读小学第一次看到电影《智取华山》时就熟知了这句话。在五岳之中，华山是以奇险著称的，壁立千仞，上山的路仅有一条，正是一夫当关、万夫莫开的经典写照。

未到华山，似乎很有决心要爬那"一条路"，但真的到了华山，仰头看见华山如刀削斧劈般的险峻，脚底就软了，还是随大流坐了电缆车。

从高高的电缆车里往下看，爬山的人至少缩小了十倍，像纸人一样贴在悬崖峭壁上，显得有些不真实。缆车借助电力匀速地往上爬着，可是遇到陡坡，速度也慢了下来，抖抖索索地使着劲，方才上得去。一座座奇峰险壁被电缆车超越了，被我"踩"在了脚下——这个"踩"是一种精神胜利法的感觉，其实那些耸立的石壁都是人力无法抵达的地方，缆车从它们的面前驶过，从它们的头上升腾而起，就是不敢接近它们。

电缆车停在了北峰。我看到了从下面爬上来的几个人，脸色发青，大汗淋漓，嘴里喷着粗气，其中有男有女，有年轻人也有中年人，一个胖子居然也爬上来了，看他一屁股坐在一块岩石上，好像就要瘫倒的样子。我不知道是敬佩他们还是同情他们。据说，传统的华山一条路是从西山门开始的。经五里关、青柯坪来到"回心"石，如果你这时开始打退堂鼓了，就趁早回心转意，掉头返回。往上爬就是有"太华咽喉"之称的千尺幢，陡壁上凿出梯阶，宽不过80厘米，长370余级，纵坡达60度，虽然两旁有铁链佐攀，却仍旧险象环生，令人眩晕。百尺峡在峭壁裂隙中凿出石梯，宽仅容一人，更是叫人步履维艰。再往上爬，老君犁沟东面是绝壁，西边倚着峭崖，下面是不可测的深渊，山风呼啸，令人不寒而栗。苍龙岭两侧深壑万丈，岭脊陡峭宽不过一米。传说唐朝大诗人韩愈登山至此，骇然大哭投书求救。不过爬过苍龙岭，到达金锁关，也就进入了华山最秀美奇雄的主峰区。

"自古华山一条路"，但是到了近代，解放军从华山东麓的猩猩沟，以惊人的毅力爬上月儿崖到达北峰，令山上的国军始料不及，这就是电影《智取华山》的主要故事情节。这第二条路如今在崖岩或裂隙上凿有梯阶，傍以护杆和铁链，但是，石梯的坡度十分陡峭，垂直距离又长，很少有人问津。和这两条路比较，我坐电缆车上来的第三条路无疑是最轻松最

第二辑／神秘的文明

快捷的，不过，我也知道，乘着现代文明的翅膀一举登上华山，省去了脚力，也少了一份奇险的亲身体验。

有人说，"自古华山一条路"乃一语双关，既道出攀登华山只此一条路，也鼓励人们面临困境要不惧艰难，一条道走到黑，勇往直上才能爬上顶峰。我以为这说的固然不错，但是如果走的是一条险途，何不另辟蹊径呢？执着于"一条道走到黑"，大至国家小到个人，常常会酿出危险来的。有时转个身掉个头，重新走一条路，山重水复疑无路，柳暗花明又一村，一切豁然开朗。

现在的华山有了三条路，打破了自古一条路的定论，我想，在我们的生活中不应该有"一条路"的思维定势，鲁迅说，路是人走出来的，西谚云，条条大路通罗马，我们又怎么能埋头走着老路而不与时俱进地开拓更多的新路？

第三辑

亲亲土楼

亲亲土楼

福建土楼列入《世界遗产名录》的消息，从加拿大漂洋过海传到闽西南崇山峻岭的土楼村寨，正是天色微熹之际，几百年来寂寞无语的土楼沸腾了。土楼的子民们有理由欢呼雀跃，这世界级的荣誉对土楼来说也是实至名归。我第一次看到土楼还是在1989年的秋天，那时我刚刚大学毕业，被发配到南靖最偏僻的乡村中学。垂垂老矣的汽车在山路上盘旋，发出一阵哮喘般的声音，秋风萧瑟，崎岖的公路上吹满落叶，这种景象颇为契合我当时的心境。汽车不知拐过了几道弯，爬上了一个坡岭，突然我从车窗里看到山坳里有一座土楼，不，两座、三座——我看到了三座土楼寂静地耸立在山谷里，圆圆的屋顶、斑驳的墙体，那恢宏的气势、古拙的形态，具有不可思议的视觉冲击力，像一支磅礴壮丽的交响曲，把我从苦闷中深深地震撼了。

其实我第一次所看到的土楼，只不过是闽西南乡村一个至今毫无名气的土楼群。闽西南崇山峻岭蜿蜒百里，一片莽莽苍苍，山坳里、溪流边、竹林下，各式各样的土楼星罗棋布，数以万计。像这次列入世界文化遗产名录的南靖田螺坑土楼群、河坑土楼群、和贵楼、怀远楼，华安大地土楼群以及永定的洪坑土楼群、高北土楼群、初溪土楼群、衍香楼、振福楼，都是其中最具代表性的经典土楼，而更多的土楼像漫山遍野的蘑菇，在风中寂静地盛开着。对我来说，显然无法忘记第一次看到土楼的情形，那种惊喜与激动，从眼睛到内心深处，犹如闪电划过。

那时的乡村中学一到周末，学生和当地的教师就全都回家了，我和几个来自城里的年轻人无所适从，在空空荡荡的校园里显得百无聊赖，这时只有土楼，那些散落在附近村庄大大小小的土楼，以母性的胸怀接纳了我。我在教案纸上开始用文字营造土楼世界，一些以土楼为故事背景的中短篇小说陆续在各种杂志上发表。记得当时土楼鲜为人知，甚至有些人还公开指责土楼是一种落后、保守的东西，而我坚持不懈地写土楼，简直就是有意"抹黑"。这种话听了，我一笑置之，还是一意孤行，继续写我的土楼小说。1993年5月，我写土楼的一批中短篇小说结集出版，书名叫做《土楼梦游》，是冰心老人为我题写的。只是这不久之后，我就离开了土楼的乡村中学，回到城里以文字谋生，但我的创作主题依然是土楼。坐在钢筋水泥的房间里，我的神思飘荡在土楼的上空，这种用粘土掺合竹片、蛋清、红糖和糯米饭汤夯筑而成的土楼，更加真确地进入我的梦里，我的耳边时常响起土楼那嘈杂而充满生活气息的声响。十几年过去了，土楼如今已是名满天下，那些当初对土楼颇有微词的人也改口赞美土楼了，土楼向人们昭示着不可限量的商机。对我来说，土楼在我彷徨无助的时候，为我确立了人生的奋斗目标，我对土楼的感恩之情难于用语言表达。这十几年里，我无数次回到土楼，虽然大多是陪同外地的朋友，但每次总要在土楼楼门厅的槌子上独自坐一会儿。

土楼并不仅仅是一种民居，它与闽西南客家人和闽南人的生活息息相关，密不可分。在土楼里安居乐业的子民们，他们日常的生活里洋溢着丰富的人文气息，使坚硬的土墙也变得温情脉脉；对他们来说，土楼已不仅仅是一个遮风挡雨的场所，而是一片精神的家园、一个灵魂的象征和一种文化的代表，对所有游客来说，土楼则是一道生生不息的鲜活飞扬的人文风景。

土楼载入世界遗产名录之后，给当地带来的经济效益和社会效益将是显而易见的，这也是我希望看到的，希望土楼人从此过上安逸、富足的生活，但同时不免也有隐忧，土楼如果被过度开发，就将损坏它原有的景观和纯粹的意蕴。谁也没有权力破坏土楼，它是全人类共同的文化财富。

土楼已经在山间屹立了千百年，还将继续巍然耸立在不尽的岁月里……

土楼的傀儡戏

夜幕降临，土楼里响起"咙咚咙咚呛"的锣鼓声，似乎一声比一声紧。大人、小孩都知道，这是傀儡戏快要开演了。

傀儡戏又叫木偶戏、布袋戏，数百年来一直为闽西南土楼人家所喜爱，尽管现在土楼里能够收到数十个频道的电视节目，但是他们依旧对傀儡戏情有独钟。在闽西南土楼乡村，不知活跃着多少个傀儡戏班，大多由家庭成员组成，四五个人也就行了，农忙时干活，农闲时便被人聘请，走村串寨，在土楼的天井里搭台演戏。

傀儡戏台很小，通常用一些杉木板搭成，正面对着祖堂，或者就搭在祖堂里，比较讲究的戏台还会贴着一副对联："一时间千秋故事，三尺地万里江山"，显得颇有气魄。台口挂一条彩绣横眉，台中放置高三尺长四尺的布屏风。傀儡从右侧上场左侧下场，傀儡师傅站在屏风后面，左手提线板，右手提线表演，一般三四个人就能同时提线表演生旦净丑四大行当，演绎一场悲欢离合的历史故事。傀儡戏的后台音乐十分重要，由小锣、小鼓、头弦、三品弦、二胡、扬琴、洞箫、唢呐、笛子等传统乐器组成，一般也就三四个乐师，合奏起来洪亮而又热烈，戏台外的许多老人小孩一听到这声音，心里头就痒痒的，非扑到戏台前来不可。傀儡戏无一例外是古装戏，故事情节大多耳熟能详，很多老人不用看也知道下面该发生什么故事了，他们大多微闭双眼听着戏，随着后台音乐的节奏而摇头晃脑，沉浸在一种自得其乐的美妙境界里。小孩子则喜欢偷偷撩开戏台的幕布，专注地看着傀儡师傅灵活的手势和演唱的口形，至于傀儡们在演绎什么惊心动魄的故事，与他们无关，他们陶醉和着迷的，只是土楼里演戏这样一种热闹的氛围。

土楼人家演傀儡戏，如果是祭祖、神生日（如观音生日、妈祖生日等等），费用则由全楼每户人家分摊支出，如果是个人为还愿、添丁、进学而请戏班来演戏，则全部开支由个人承担。就现在的行情来看，请一晚上的傀儡戏也就三四百元，花钱不多，又能让全楼的人和附近土楼的人得到快乐，这也许就是傀儡戏在土楼乡村长盛不衰的原因。

辉煌的五重奏

在闽西南乡村，土楼犹如天上掉下的飞碟，神秘奇特，又如地上冒出的蘑菇，数不胜数。振成楼、承启楼、二宜楼、绳武楼等等，都是著名的单体土楼，由几座、十几座甚至几十座土楼组成的土楼群，如永定南溪土楼群、初溪土楼群、南靖河坑土楼群、下坂土楼群等等，更是气势恢宏，令游人叹为观止。这里面，最壮丽、最美妙、最神奇、最具特色、最闻名遐迩、最震撼人心的莫过于南靖田螺坑土楼群了。

汽车在盘山公路上爬行，两边的坡地上和小溪边，土楼星星点点的，一座、两座、三座，到处都是土楼，好像进入了一个土楼王国，突然一个急弯下坡，眼前一片豁然开朗，山坳里出现了一个庞大的土楼群，好像一束强光唰地打在你的眼睛上，很多人这时候都忍不住要叫出声来。

这就是田螺坑土楼群，也许你已经在电视上、画册上看过一百遍一千遍了，可是当你站在山坡公路上俯瞰，心中仍然是汹涌澎湃的激动。四座圆楼簇拥着一座方楼，像是一朵怒放的梅花，美妙绝伦，璀璨夺目，又像是一支气势磅礴的五重奏交响曲，在青山秀水之间激越地奏响。公路随着山势蜿蜒而下，随着观看角度的变化，田螺坑景观魔术般地不断变幻，圆楼时而在前时而退后，方楼时而隐蔽时而暴露，来到坡底公路上，抬头往上一看，田螺坑土楼群犹如布达拉宫横空出世，巍峨耸立，庄严肃穆，在阳光里一派金碧辉煌。

从建筑学家到文人墨客、从联合国官员到普通旅游者，人们给了田螺坑太多的美誉，不惜用尽辞典里最美的词语，可是这天外奇观似的土楼群只不过是一支黄氏客家人世代居住的民居。田螺坑的开基祖来自山那边的永定奥杳，据族谱记载，是一个叫黄百三郎的，从永定翻山越岭而来，发现这里依山傍水，风水不错，就在此落脚，以养母鸭为生。据说，他养的母鸭与众不同，每次都是生两只蛋的，这就使他慢慢积攒了一笔财富，有了建造土楼的财力。

田螺坑第一座土楼叫步云楼，就是那处于"梅花"花心位置的方形楼，始建于清嘉庆元年（1796年），高三层，每层26个房间，全楼有4部楼梯，取名步云，寓意子孙后代从此发迹，读书中举，仕途步步高升青云直上。果然，步云楼还在兴建，族人又有了财力，随即在它的右上方动工夯建新一座圆楼，叫和昌楼，也是三层高，每层22个房间，设两部楼梯（可惜步云楼与和昌楼在1936年被土匪烧毁，1953年原址原样重新修建）。1930年，步云楼的左上方又建起了一座圆楼——振昌楼，还是三层高，每层26个房间，1936年，一座叫做瑞云楼的圆楼又在步云楼的右下方拔地而起，高还是三层，每层26个房间，最后一座文昌楼建于1966年，准确地说它是一座椭圆形楼，仍旧是三层，每层有32个房间。

一方四圆，如四个圆环围着一个方圈，又如一个方圈系着四个圆环，错落有致，疏密得体。从视觉上来看，如果全是圆楼，环环相连延续不断，不免使人失去方向感，连东西南北也无法分辨，因为圆形是没有起点也没有终点的，人们进入其中会产生恍惚不安的感觉，但是居中有一方楼之后，整个村落的方向性就明确起来了。据专家考证，各座楼之间都是采用黄金分割比例2∶3、3∶5、5∶8而建造的，其实乡民们夯造土楼，连设计图纸都没有，哪里谈得上什么黄金分割，他们只不过根据风口水势，凭借老一代传下来的经验，就地取材，用最常见的红土，一层层地把房子夯造起来，他们完全是不经意间创造出世界奇迹的，也许你不能不说他们是全世界最天才的建筑家。

童话般美丽的初溪土楼

2002年4月，我第一次从永定下洋镇驱车前往初溪村。山道崎岖，路上坎坷不平，路况之差超出了我们的估计，而且有些路段民工们正在修筑，石料随意堆放，给我们的行进带来了极大的麻烦。说实在的，我都有点想打道回府了，但是经过一阵艰难的颠簸之后，远远望见一座村庄，一座又一座的土楼，好像一只只飘浮的飞碟，接连扑入眼帘，我的目光突然为之一亮，疲惫的身体一下变得振奋起来。

那是一个气势磅礴的土楼村庄。5座圆楼和数十座方楼高低错落、条理井然地散布在一片开阔的盆地上，一条河卵石小道像纽带一样联接着每座土楼，背后是青山密林，山坡上层层叠起的梯田，那碧绿的禾苗与茶树在山风的吹动下，绿浪奔涌，好像为土楼群竖起一道涌动的绿色屏风，一字排开的三座圆楼在两端的两座方楼的簇拥下，一起面对流淌的小溪……

这就是初溪土楼群，像是一颗埋藏在青山绿林里的未经雕琢的宝珠，散射出一片质朴的光芒。隔着流淌的小溪，我们看到一些老人坐在土楼门边一排长凳上，说话声和着流水声在山谷间飘响。溪堤高筑，一座桥通向山的这一边。桥的不远处，很随意似的散落着几棵古榕，葱茏如盖。

我感觉到我的一双眼睛不够用了，这般世外桃源的乡野风光，天地人如此完美的融合，就像是一个美丽的童话，深深地震动了我的心。

作为世界遗产福建土楼最具代表性的土楼群，初溪土楼群主要包括5座圆楼和数十座方楼，这些土楼的名字中间都有一个"庆"字，如集庆楼、绳庆楼、余庆楼、善庆楼等等，简要的方块字寄托着土楼人朴素的心愿。大约在六百年前，一个徐姓的人家为了躲避中原战乱，扶老携幼，背井离乡，他们几经辗转，来到了初溪这块地方。这里山高路远，林木茂密，四周围的山岭犹如屏障，把北方的兵祸与动荡阻隔在千里之外。这块陌生的土地静静地躺在大山深处，似乎一直在等待着拓荒者的到来。徐姓先人擦去脸上的汗水，开始清除杂草和灌木，平整地面，终于这个流离失所的家族有了安身之地，大山深处升起了一缕缕炊烟……

集庆楼是初溪徐氏家族建造的现存最古老的一座圆楼，是徐氏三世祖于明永乐十七年（1419年）兴建的，距今已有580余年。在永定境内现存的360余座圆楼里，格局几乎都是相似的：全楼有两部至四部公共楼梯，底层地脚相通，而且每一层的走马廊像圆环一样畅通无阻，唯独这座集庆楼别出心裁，从底层的灶间开始，每户人家从一层到第四层，都各自安装楼梯，各层的通道也用木板隔开。72道楼梯把全楼分割成72个独立的单元。房间、楼梯和隔墙用杉木材料构建，全靠木榫头紧密地衔接起来，一枚铁钉也不用，至今仅有些许的歪斜，令纷至沓来的旅游者和日本、欧美的建筑行家叹为观止。集庆楼的这种格局与华安二宜楼、平和绳武楼有些相似，每户人家面对着共同的天井，而当他把自家的小楼门关上，他又有了一个相对独立与私密的家。这种聚族而居又彼此独立的模式，在动荡年代里，既避免了一般土楼过度公共性的缺点，又消除了单门独户的恐惧心理，实在是公私兼顾、两全其美的创造性设计。

但不知为什么，集庆楼之后，初溪人再也没建造类似的土楼了。在此后几百年间陆续夯造的土楼，或方或圆，高大雄伟，所有的楼层都是环环相通的，显示出一种人丁兴旺、安居乐业的气象。善庆楼是初溪最年轻的土楼，建于1979年，一楼走廊及天井全部用同一规格的方形花岗岩铺就，采光通风的效果极为明显，走进楼里犹如置身于阳光明亮的广场。

据说这个只有2000多个人的土楼村庄，在厦门、汕头等地开办了40余家木材制品厂，在外面当老板和打工的就有1000多人，当年他们的祖先从远处走来，现在他们向着更远的地方走去，这里面体现着一种坚忍不拔、努力进取的客家精神。这个遥远的土楼山庄并不寂寞，逢年过节，在外面闯荡的人便提着大包小包赶回家乡，每一座土楼都像赶集一样热闹非凡，充满着喜气。在平时，不管谁家6旬以上的老人谢世，村里都要燃放三声铳炮，村民户户停炊，纷纷赶来吊唁和帮忙。要是有谁家的孩子考上大学，全村敲锣打鼓、燃放爆竹、宰鸡杀鸭，好像过年一般。

美丽的土楼，纯朴敦厚的民风，给初溪这个客家村庄增添了迷人的人文色彩，使她像童话般吸引着无数游客。

寻访一德楼

闽南的春天并没有诗歌中那般妩媚，凛冽的风从山野间吹过，草木簌簌作响，我们走县道从平和五寨乡进入漳浦石榴镇，闲扯着土楼与战火的话题，不经意间就来到绥安镇马坑村地界，连忙打住谈兴，向路人询问一德楼的方位。正好遇到一个村干部模样的中年汉子，自告奋勇给我们带路，这样我们穿过沿街铺面折入土路，来到一条蜿蜒的机耕道前，远远就望见田地里一堵高高的残墙，一片巨尾桉从豁口露出翠绿的枝叶，这毫无疑问就是一德楼了，但它又不是我想象中的一德楼。

根据资料记载，一德楼为马坑村吴氏族人一位在京城为官的祖宗所建，那时节正是倭寇横行东南沿海的年代。清康熙《漳浦县志》说："土堡之置，多因明季，民罹饶贼、倭寇之苦，于是有力者率里人依险筑堡，以防贼害耳。"饶贼即指附近饶平地区的盗匪，时常骚扰，而倭寇的凶残与恶行，更是让人闻之色变。其时，土楼、城堡的兴起，正是民众出于保全性命、保卫家园的迫切需要。那个血雨腥风的岁月里，这些底部用条石砌成或者全部用花岗石垒起的土楼、城堡无疑就是民众的诺亚方舟。一德楼主体建筑为方形，长27米宽26米，楼墙底部为二层石地基，以上全部用三合土夯筑，大门向北，门楣石匾刻着一德楼的楼名，以及"嘉靖戊午年季冬吉立"的纪年款，这是目前已发现有明确纪年的最早的土楼，即建于明嘉靖37年（1558年），距今已有455年的历史。楼墙外十米建有围墙，略呈圆形，墙厚一米多，墙内隔出若干个小房间，像是楼外小圆楼，在东北方向开一石门，墙外是天然河道改道而成的护楼河，绕楼一周，形成保护土楼的第一道屏障。可是现在，护楼河早已填平成田地，围墙也荡然无存，唯有残破不全的四面土墙，风雨剥蚀的墙体上荒草萋萋。我绕楼走了一圈，走到大门前，猛然发现那块刻着楼名的石匾不见了，楼内的泥土冲刷到门口，几乎要把大门堵塞了。我只能弯着腰走进楼里，只见一片巨尾桉蓬勃生长，杂草丛生，黄土隆起一个个小土堆，已经感受不到往昔哪怕一丝一缕的生活气息，这里俨然一片阴郁寂寥的小林子。话说人宅相扶，人一离弃，这宅就败落了。楼外的田地里有几个正在浇粪的农民，我向他们打听那块楼匾的下落，他们有的说"不知道"，有的说"被收起来了"，语焉不详，倒是提起当年土楼里的风光，他们就显得颇为骄傲地滔滔不绝起来，其实他们也没在这楼里住过，一切都是从长辈那里代代相传而来的。一个锄草的老农说，从他出生记事起，这楼就废弃了。他的记忆是没错的，1943年，侵华日军的飞机轰炸漳浦城乡，一棵炸弹落在了一德楼西南角，炸毁了一段楼墙。在过去的岁月里，一德楼坚固的楼墙一次次抵御了敌人的进攻，但它实在无法抗拒从天而降的炸弹，这正是一德楼的不幸，古老的夯土文明遭遇现代化的弹药，土墙倾塌，烟尘四起，人们顾不上擦干血迹，惊魂未定地弃楼而去。一德楼再强大的防御功能，在空中打击下也是不堪一击的，反而因为体量巨大更容易成为打击目标。或许，呼啸而下的炸弹给人们留下太惨痛的记忆，人们不愿重返那可怕的噩梦，一德楼自此无人居住，楼内的木结构陆续被拆除、搬走，它终于成了一座废楼。

走在田埂路上，我还是忍不住回望了几次一德楼，并用手机拍了一张照片发在微博上。生于战火，死于战火，这也正是一德楼的宿命。艳阳高照，破败不堪的一德楼无言地耸立着，墙体反射出光线，更增添了它的落寞。繁华不再，它注定要在荒凉中继续荒凉。

二宜楼，大地上的瑰宝

　　二宜楼这座被誉为"国之瑰宝"的圆土楼，坐落在华安县仙都镇大地村。仙都、大地，这是多么富有诗意的名字，其实二宜楼就是人间天堂的一座民居，就是中华大地的一颗璀璨明珠。

　　来到仙都大地，只见青山逶迤，两溪汇流，一片平坦的盆地，视野开阔，远远就可以看到二宜楼的雄姿。

　　二宜楼的大门是朝西的拱形门，用上好的花岗石砌成，墙体上有两个小孔，你若对着小孔往楼里喊话，楼里人都会听到，它就像是现代的门铃对讲机一样，十分神奇，据说其中奥秘，建筑学家和声学家至今无法破译。二宜楼的门额石匾上镌刻着各40厘米见方的"二宜楼"三字，笔墨像是楷体，又多了一份飘逸，自成一格。"二宜"两字，寓有宜山宜水、宜家宜室、宜内宜外、宜兄宜弟、宜子宜孙、宜文宜武之意。据说这三个字是请当地一个读书人写的，他写了好几个月，废纸不知扔了多少筐，都感到写得不满意，有一天楼主请他喝酒，把他灌了个八分醉，他回到家里连忙展纸挥毫，一气呵成，就写出满意的三个大字。不过，他醒酒之后，感到这三个字的某一笔划还欠缺火候，但是他再也写不出比这更好的字，只好作罢。到底哪一笔划稍逊一筹，你到了二宜楼门前，不妨琢磨一下。

　　二宜楼依山傍水，楼后峰峦叠嶂，近处山丘绵延，犹如蜈蚣缓缓爬行

（风水先生称之为"蜈蚣吐珠地"）；两条清澈的小溪在楼前交汇后，直奔西南而去。青山绿水，与黄墙黑瓦交相辉映，小桥、楼阁、翠竹、村舍点缀其间，浑然一体，正是"宜山宜水"的一派旖旎风光。楼内祖厅便有一对柱楹，专门概述这一景观："倚杯石而为屏，四峰拱峙集邃阁；对龟山以作案，二水潆洄萃高楼。"

所谓宜山宜水，其实还隐寓楼主蒋仕熊排行第二，又是第二次择地，才选中这蜈蚣吐珠穴位，其得意之情溢于言表。在族人的传说里，蒋仕熊年轻时是个种田能手，他身材高大，体格健壮，臂力超人，能使一把二十四斤重的大刀，可惜他人才超群，却迟迟未能成家，说是犯了"孤鸾命"，注定一辈子打光棍。族人背地里取笑他说："无某（妻）无猴，锁匙挂裤头。"他一气之下出走他乡，到安溪、漳平等地开垦荒田几百亩。不久，他遇到了一个魏氏姑娘，两人婚配后，生了六个儿子。蒋仕熊晚年衣锦返乡，开始投巨资建楼，由于操劳过度，他在二宜楼尚未建成时便不幸逝世，他的六个儿子、十七个孙子继承遗志，艰苦努力，终于在清乾隆三十五年（1770年）把大楼建成。

二宜楼占地10亩，外墙高16米，墙基厚2.5米，楼内直径73.4米，由四层的外环楼和单层的内环楼组成，分成12单元，彼此紧密相连，如柑瓣状排列。每个单元完全独立自成一家，内环平屋为"透天厝"，设厨房、餐室与客厅，有一部独用的楼梯，外环楼一至三层为卧室、仓库，四层为自家祖堂。在四楼有一条环形走廊，却不是朝向天井，而是建在外壁，以木构墙和外墙隔开，开成一条宽1.5米的廊道。这种"隐通廊"的设置方式在福建土楼里十分罕见。室内空间独具特色，而室外空间层次分明，全楼由一个大门、两个边门出入，中心是个宽广的天井，两侧有两口水井，称为阴阳二井，在冬天，阴井水温较凉，而阳井则较温，到了夏天，又正好相反，阳井冷而阴井热，令人惊奇，百思不得其解。天井可以晾晒衣服和农作物，也是楼里人们雅集闲聊的热闹场所，这不就是"宜家宜室"吗？

二宜楼里是自家天地，楼外是绿色田园，人们日出而作、日落而息，上山种茶，下地种水稻，生活像田园牧歌一般自由自在，确是"宜内宜外"。

二宜楼在建筑格局上"一统世界无贵贱，平分空间无大小"，既聚族而居又彼此独立，有利于家族内部团结，有利于发挥大家族凝聚、制约和导向的功能，正是"宜兄宜弟""宜子宜孙"。

二宜楼内处处充满着文化气息，雕梁画栋，题诗题画，令人目不暇接，像是走进了一座精美的艺术殿堂，据国家文物局专家统计，二宜楼里一共有壁画彩绘952处，其中壁画226幅、593平方米，彩绘214幅、96平方米，彩绘木雕349件，壁画楹联100条，主要分布在第二、三、五、六、十、十一单元，人物、山水、花鸟，题材丰富多彩，技法以写意、工笔为主。在众多的国画中，还可以看到"时在宣统次年……仿广东瑞云山芝寅陈清溪老先生……渔山主人笔"等题款，大多出自民间画师和二宜楼居民的手笔，虽是模仿岭南画派的名家之作，但技法纯熟、意趣盎然，颇有艺术价值。在各式各样的楹联里，既有秀丽端庄的篆书、妩媚多姿的隶书，还有清秀工整的楷书、飘逸旷达的行书、错落有致的草书、苍劲雄厚的魏碑。在第十单元墙上的一幅兰花图中，用隶书笔法题写的"风露兰"变体隶书，被称作"螃蟹字"，像是三只螃蟹蹒跚而行，极富创意。还有许多房间的墙上、天花板上贴满了1932年的《纽约时报》，在这僻远山村哪来这些舶来品？也许这可以见出，土楼人并不闭塞保守，它的先辈已经开始接受外来的新事物。不少彩绘画着西洋美女的人像，这更是一种明证；在三楼通往走廊的四个门楣上，一个画着西洋美女，另外三个画着罗马古钟，美女的上方写着"号松风"，三个古钟上分别写着"资之深""居之安""秦楼月"的传统横批，下面像是古罗马文字，中西合璧，意味深远。令人称奇的是，在二宜楼的门楣上一共画着十五个时钟，时间各不相同，有人说这是表示世界各地的时间差，你不能不感叹二宜楼原来是和世界接轨的。二宜楼拱形大门设两重门板，内层铆上铁板，门后有双闩，门顶有泄水漏沙装置，可防火攻，外环楼一至三层不开窗，只在四层开小窗洞，密布枪眼，说它"宜文宜武"，真是一点也不夸张。

1996年，二宜楼以其"设计科学、规模宏大、保存完整、历史悠久、内涵丰厚"，被国务院定为第四批全国重点文物保护单位。2001年，国家以"修旧如旧"的原则，拨专款对二宜楼进行维修，仅对壁画、彩绘清洗一遍，就花去50多万元。如今，经过修葺的二宜楼以更加雄伟的气势、更加迷人的丰姿吸引着八方游客。大地上的这颗明珠闪射出更加美丽的光芒。

当云水谣还叫做长教的时候

很长一段时间，我都不适应"云水谣"这个名字，更愿意把它叫做"长教"。事实上，这个隐藏在闽西南峰峦叠嶂之间的古老村落叫"长教"已经叫了数百年，而更早的时候，它叫做"张窖"，表明这是张氏聚族而居的地方。在这片蛮荒而神奇的土地上，客家人与福佬（闽南人）在不断的对峙、摩擦和交融中不断地壮大，客家话和闽南话成为通行的方言。人们辛苦劳作，繁衍生息，时间像流水一样哗啦啦地流过。

明洪武四年（1371年）的春天如期来临，这个地方注定要起一些变化。一个叫做简德润的私塾先生得到风水师的喻示，从西北十里的村子觅龙寻踪至此，入赘张姓人家，连生三子，又娶卢氏生了五子，据说家里的母鸭每天都生双蛋，添丁又发财，很快成为当地的大户人家，子孙均以"张简"为姓。到了清朝道光年间，有个叫做张简逢泰的子孙进京赶考，金榜题名，当年为表彰他进士及第光宗耀祖的石旗杆至今还屹立在和贵楼前。话说当年那主考官觉得张简这个姓不见于《百家姓》，要求张简逢泰择一而姓，逢泰便去张就简。新科进士简逢泰衣锦还乡之后，村里的宗亲便纷纷效仿，以简为姓。张窖失去了张姓，简氏索性把"张"简化为"长"，在当地通行的两种方言里，"张"与"长"的读音还是非常接近的，而"窖"字较为生僻，词意也俗气，他们就写成谐音的"教"字，政教风化，儒家所倡，这多有底气呀，从此"张窖"便成为故纸堆里的字符，而"长教"大行其道，沿用至今。

今天的长教隶属于南靖县梅林镇，所辖三个行政村：坎下、官洋、璞山，排列在蜿蜒的长教溪两岸，早年人们用跳石、木桥沟通着两岸的联系，近代则出现了水泥桥。长教溪由南向北，像一只母亲的手臂挽着这三个村落，从时间的尘烟中走来，又向着无尽的时间深处流淌而去，岁月悠悠，流水如斯，土楼像蘑菇一样长出来，榕树展露出华盖般的树冠，地上用鹅卵石铺成的驿道被人们的脚板磨得越来越亮，夫人妈庙的香火越来越旺……

我想起我第一次走进长教，应该是在1990年的某个周末的傍晚，那时我在附近的一所中学任教，周末不想回家，便踩着自行车随意地行走，然后就来到了长教，当然我早已知道长教，班上好多个学生就是这个村子的，但我不是来家访的，我是为排遣郁闷的心情随意而来的，自行车轮下发出沙沙沙的声响，像是梦里的一支摇篮曲，渐渐把我带入恍惚的梦境……我的自行车停下来了，时间好像静止不动了，天地间霎时安静。这个古朴的小村子，这个远离尘嚣的世外桃源，一切都显得那么安宁和幽静。我徐徐呼了一口气，如果我是一个诗人，亮出嗓子"啊啊啊"地抒情一通，那就大煞风景了，我只是用一声长吁来表达内心深处的惊艳与感动。第一次总是最美好，也是最难忘的，后来又不知有多少次来到这里，或独自漫步，或呼朋唤友，每一次似乎都有不同的收获和感受。

　　顺着溪岸绵延十余里的古驿道穿村而过，清一色用鹅卵石铺砌而成，它不知起于何时，村里的简氏族谱也语焉不详，老人说，自古以来，从汀州府（汀州即今长汀，历史上汀州府辖有长汀、宁化、清流、归化、连城、上杭、武平、永定8县）到漳州府都要走这条古道。村里的老人都喜欢用"自古以来"这个词，他们说，自古以来，长教人就从这条古道走出大山，走到北京赶考，走到台湾谋生……当然他们免不了要提起当年考中进士的简逢泰，还有迁台裔孙、台湾著名的抗日英雄简大狮。暑往寒来春复秋，夕阳西下水长流，官家与商旅从这条古道经过，一代又一代的长教人从这条古道出发。官人打马而过，清脆的马蹄声溅起全村人向往的目光，贩夫走卒肩挑手提，汗水洒落在脚下的石头上，而每一个长教人从这里出发，上北京也好，下南洋也好，头戴一顶大竹笠，身背行李包裹，回头望着站在屋檐下送别的父母妻儿，心头一紧，只能加大步子往前走，这条古道承载了多少悲欢与离合、光荣和梦想。根据简氏族谱记载，简氏族人从第四世（明宣德年间）开始向外迁移，到缅甸、新加坡、印度尼西亚、泰国，及我国台湾、香港等地谋生，如今祖籍长教的台湾人就有23万之多。古道穿过的旧圩街，一排两层高的老式砖木结构房屋，上层为住房，两层之间以木质屋檐挑向街心，作为下层店铺遮阳挡雨之用，一如闽南的骑楼，又如湘西的吊脚楼，别具风情，一间挨着一间的店铺，山货店、农具店、中药店、打锡店、理发店……时光把脚下的鹅卵石磨得清光泛亮，有些路段甚至经不过风吹雨打，塌陷成坑坑洼洼，石缝里长出苔藓和杂草……后来这里被更名为"云水谣"之后，这条古道得到了彻底的修复，显得平整与光滑，一眼望去，逶迤于溪岸和山道间，间或有古榕浓荫蔽日，道旁矗立一座座土楼老厝，方形、圆形或椅子形，形态各异而气势如虹，岁月的磨砺让古道更加焕发出一种苍劲和大气，而古道上的旧圩街也变得热闹起来，游人与村人穿梭来往，店铺里的商品虽然还是以本地山货为主，像是虎尾轮、白奶根、金线莲、玫瑰茄、茶树菇等等，但也有了汉堡、水晶，交织出一片传统与现代的繁华。

和古道同样古老的是古榕，它们像巨人一样伫立在溪岸道旁，远远看，铺天盖地的霸气外露，当你走近它们，你会觉得它们像一个个饱经沧桑的老人，枝干参天，郁郁葱葱的树叶低垂着，硕大的根系在地面上如虬龙般盘根错节。我记得曾经好几个夏日的正午，就坐在榕荫下，遮天蔽日的树叶围出几个足球场大小的浓荫，凉风习习，吹到身上像水漫过一样舒爽，有老人就坐在树根上打盹，更多的是小孩子，围着榕树捉迷藏，追逐着喊叫着，红扑扑的脸上是闪烁的笑容。我看到一个老人恍然从大梦中醒过来，他缓缓站起身，往树根上磕了磕手上的水烟斗，我忙上前询问他这些榕树有多大年纪了，他挥着手上的烟斗指着一棵榕树，不疾不缓地说，自古以来，它们就长在这里了。又一个"自古以来"，老人的自豪溢于言表。在这里一共有13棵古榕树，据专家考察，树龄大都在700年左右，个别的可达千年，老街溪岸的那一棵古榕，后来测定它树冠覆盖面积1933平方米，树丫长达30多米，树干底端要10多个大人才能合抱，为福建省已发现的最大的榕树。一个村子里拥有如此密集如此壮观的榕树群，不能不说是长教人的一种福气，前人栽树，历代相传的呵护，终成这片荫泽后人的福地。酷暑难耐，村人与游人却在这个清凉世界里如鱼得水，绿荫下的时光，就像母亲最宽容的怀抱，抚慰了一代又一代的长教人，也让每个来到这里的游人得到一个沁心如意的回忆。

如果说，古道、古榕是长教数百年宁静和惬意的见证，土楼则是长教人朝夕相处的亲人。土楼如今名列世界文化遗产名录，天下闻名，我第一次到长教时它却是名不见经传，几乎所有的人都不以为意，那不就是土房子吗？当地人则叫成圆寨或四角楼，我说出"土楼"这两个音节，让他们感到陌生。我告诉一些人，我准备好好地写土楼，他们发笑了。谁能想得到呢，当年让某些人觉得保守、肮脏的土楼如今需要凭票参观？这种就地取材用粘土掺合竹片、瓦砾等等夯成的庞大建筑，聚族而居的传统习俗在这里得到了淋漓尽致的发扬光大。据统计，长教共有40多座土楼，此外还有几堵焚毁于太平军战火的残墙断壁，这些土楼多为四角楼，也有椅子形、长条形，当然其中最有名的就是和贵楼、怀远楼。

位于璞山村的和贵楼高五层，21.5米，别小看这个数字，这是个"世界之最"，也就是说和贵楼是已知的所有福建土楼里个头最高的，更惊奇的是它居然是从烂泥地里拔地而起，这正是和贵楼最令人匪夷所思的神奇之处。和贵楼每层有28个房间，共有140个房间。楼正中开一个大门，东西南北四方各有楼梯上下。它建于清雍正十年（1732年），据说当初选址建楼，开始并未发现这是块沼泽地，楼建了一层，忽然整层楼像沉船一样，慢慢下沉到了烂地里，建楼的简姓族人无可奈何，只好在下沉的楼墙上打了100多立方米的排桩，他们觉得地基这下牢固了，就从头开始夯墙，建起了一座五层高的方楼。他们似乎很有把握，从不担心大楼会倾斜或者下沉，果然两百多年来，和贵楼固若金汤，风雨不动安如山。现在，你在楼中学堂的小天井用铁线往地里插，一口气可以插进5米多深，拔出铁线，则可见铁线上有淤泥的痕迹，你如果在这里跺跺脚，天井整片的鹅卵石便会涟漪般震动。

和贵楼还有一奇，楼中两口水井，相距十八米，井水水位均高出地面，清晨时高于三米左右。右边那口井，清亮如镜，水质甘甜，井中几条红鲤鱼翩翩游动，有如精灵，而左边那口井却混浊发黄，污秽不堪，完全不能饮用，这是怎么回事呢？和贵楼里流传着一些涉及风水、神仙等等的传说轶闻，不足为信，可是专家学者至今也还没有从科学上做出令人信服的解释。

和贵楼大门正面有一座山叫笔架山，简姓族人别具匠心，到山上把一个小山包挖成笔尖的形状，他们认为这样就能使楼里多出人才，他们在楼门前建起一排平房护厝，在楼里天井中心建了一座三间式学堂，他们说：厝包楼子孙比较贤，楼包厝子孙比较富。这句顺口溜用方言来读，十分押韵。现在，学堂里还挂着一块当年国民政府主席林森颁发的匾牌"兴学敬教"，还有一块国民政府侨务委员会委员长陈树仁赠送的"兴学利侨"奖匾，可见和贵楼人对文化教育的重视。和贵楼建成后，子孙果然聪慧能干，不少人考取了功名，最著名的就是简逢泰了，相传简逢泰聪明敏捷，口齿伶俐。十二岁那年，朝廷在各县设立考场取士，简逢泰也报名参加了，只因他年幼，和贵楼离县城又远，只好由他的父亲背着他到县城赴考。那日，小逢泰骑在父亲的肩上赶到考场，正要入场，适逢主考官，主考官笑他："以父作马。"小逢泰立即作答："望子成龙。"主考官见他虽然人小，口气却不凡，暗赞这个小孩是个人才，就让他进入考场。考试后，主考官口试考生，见逢泰身穿长衫，头发结了个辫子，就出了个对联："福建出一红鬃马"，逢泰事先听说主考官是山东人，看到主考官脚上穿着黑色的官靴，便脱口答出："山东来个黑脚驴。"主考官暗想：这小孩好厉害，接着问："你读多少年书？"小逢泰说："不多不少读了十二年。"主考官看他还是个小毛孩，就问："你今年几岁？"小逢泰说："十二岁。"主考官问："你一生下来就读书了？"小逢泰说："我七岁才读书。"主考官说："这样哪来的读十二年书？"小逢泰说："我日读六年，夜读六年，这样不刚好十二年？"主考官一听很在理，又对小逢泰说："你进三步。"他毫不犹豫地向前走了三步，主考官又说："你后退三步。"小逢泰这时却屹立不动。主考官问："为何不退？"小逢泰说："有道是，大丈夫有进无退！"主考官拍案赞道："好口才！"小逢泰被当场授以秀才。数年后，简逢泰进京赴考高中进士，由于文思过人，口才伶俐，被礼部侍郎招为乘龙快婿，太平天国起事后被杀害于漳州，璞山村民为了纪念他，又将和贵楼叫做了进士楼。

　　顺着和贵楼门前的古道，沿着溪岸往上走，一路溪水相伴，走不到一公里就来到了怀远楼，这座圆楼的楼门上写一长联："怀以德敦以人籍此修齐遵古训，远而山近而水凭兹灵秀育人文。"对仗工整而寓意深远。它坐落在坎下村，建于清宣统元年（1907年），楼高四层，楼内直径33米，每层34个房间，墙基用硕大的河卵石和三合土垒筑而成，楼墙虽然只是普通夯土墙，但是夯筑技术炉火纯青，历经百年的风雨侵袭，至今一片光滑，几乎没有剥落，让你感觉到时间只是从墙上轻轻划过，而没有留下痕迹。怀远楼最引人注目的地方，是它天井中间的"斯是室"，这既是祖堂又是私塾，正面对着大楼门，所以你一走进怀远楼就会感受到一股浓浓的书香气息迎面而来。斯是室是一座精巧的四架三间上下堂的五凤楼，正堂两端屋架斗拱上雕刻着书卷，有两对镏金对联："月过花移影，弄声风来竹"、"琴书千古意，晓春花木心"，两边柱子上挂着一副对联："斯堂讵为游观计敦书开耳目，是室何嫌隘陋惟思尚德课儿孙。"走进上厅，又有对联写道"书为天下英雄业，善是人间富贵根""天下良谋读与耕，世间善事忠和孝"。蹩出门楼，外门楼上也有一联："诗书教子诏谋远，礼让传家衍庆长。"整个斯是室雕梁画栋，连门窗也装饰得古香古色。在大型方楼和五凤楼里设立学堂，比较普遍，而在一座中型的圆楼里，也有学堂就很少见了，由此可见长教人文鼎盛。

在和贵楼与怀远楼之间，还有一座建在溪岸的二层木楼，其建筑艺术也堪称一绝：洪水来时，主人可抽开底层墙板，让洪水通过，以免整座楼被冲毁，洪水过后下楼清洗，重新装上墙板，又是一座完整的木楼。后来电影《云水谣》在这里取外景，这座楼便成了男女主人公陈秋水、王碧云相亲相爱私订终身的地方。此外还有翠美楼、广居楼、隆兴楼等等，各具特色，值得一游。土楼作为一种住宅，几百年来给长教人提供了遮风蔽雨、繁衍生息的居所，它和人们的生活如此息息相关，密不可分，在土楼里安居乐业的子民们，他们日常的生活里洋溢着丰富的人文气息，使坚硬的土墙也变得温情脉脉；对他们来说，土楼已不仅仅是一种民居，而是一片精神的家园。当年我在长教和其他村落的土楼流连忘返的时候，土楼给了我许多人生的启迪和力量。如今当我每次重返长教，走在古道上、榕荫里，走进和贵楼、怀远楼，心里总是充满感恩，这块土地所给予我的是我一生写不尽的题材。

和长教的古道、古榕、土楼一样，长教人的民间信仰也显得与众不同。在翠美楼过小木桥的溪岸有一座夫人妈庙，这就是长教人所崇拜的城隍夫人。城隍庙几乎随处可见，而专门为城隍夫人建庙，虽然不能说绝无仅有，却是十分罕见的，我第一次在长教听说这座夫人妈庙的来历，不禁感到长教人原来是幽默的，富有创意的。话说清代年间，有个长教人的妻子得了一种"心气疼"的怪病，到处求医问药，无法医治。有一天，他到县城卖山货，偶遇一个客商，听说平和县九峰城隍庙药签异常灵验，次日便随那客商一同到九峰，求得灵药，回家治好了妻子的病。村里其他患病久治不愈的村民听说后，也先后去求药，都是一帖见效。九峰城隍庙的药签灵验一下在长教家喻户晓。因为长教距平和九峰有百余里之遥，村民想要求得灵药，来回一趟少者两三天，多者五六天，十分不便。于是，简氏族长与村民商量，决定到九峰"挂"（将香灰袋挂在胸前）回城隍香火。消息传到南靖县衙，县令说："我是人间的县官，城隍是阴间的县官，只有县城才能建城隍庙，你一个穷山村，怎么能建城隍庙？"简氏族长只好不作声张，带着几个德高望重的老辈长者来到九峰城隍庙祈愿，没想到掷了三次"圣杯"，都是"阴杯"：城隍老爷不同意"外出"。人间的县令不同意，阴间的县令也不同意，按说就该打道回府，断此念头，偏偏简氏族长脾气倔强，心想，您城隍老爷不同意，我就求城隍夫人，不信枕头风吹不动您。于是，他们转而跪求城隍夫人，掷了三次"圣杯"，居然都是"阳杯"，这就是说城隍夫人同意啦。简氏族长说，城隍老爷不肯来，还是你夫人心软，反正你们都是神灵，又是夫妻，怎么着你也得听你妻子一回吧。就这样，简氏族长硬是把城隍夫人的香火"挂"到了长教，请木雕师雕了一个城隍夫人神像，建了座小巧的城隍夫人庙，取名为"必应宫"，俗称夫人妈庙。每年正月初七日，长教的村民都要抬着坐在轿子里的城隍夫人木雕像，徒步走到九峰，让她与城隍老爷夫妻相会，次日返回。正月初九日，是天公的生日，也是城隍夫人的生日，长教及附近的村民云集必应宫，在宫前供奉"牲礼"，祈求合境平安。当晚还要延请戏班，演戏给城隍夫人看，神人共庆，热闹非凡。

这个古老美丽的村子注定不会寂寞，电影《云水谣》在这里拍摄之后，很多影视剧的外景地都对这里青睐有加，《沧海百年》《野鸭子》《海峡》等剧组纷至沓来，随着和贵楼、怀远楼列入世界文化遗产名录，更多的人慕名而来，长教的宁静被打破了。政府出于旅游宣传的考虑，把长教更名为"云水谣"。现在，"云水谣"闻名遐迩，外地来的人已几乎不知长教，对我来说，我更愿意叫它长教，因为这是它的本名，一个有着数百年人文蕴含的符号。当然，你愿意叫它"云水谣"就叫吧，这或许可以算是它的一个新潮的网名。

庄上城，土楼之城

住在这里的村民把他们所在的村落称为"城"，这该有多大的底气？"我们这里有五个大门，内有两座小山，三口水井，四个主祠，周长700多米，占地面积34650平方米，共有142开间屋子，最高峰时居住了1800人，你在这走一圈至少要半个小时。"村民们会告诉你，这些数字是省里有关部门测量之后，他们才烂熟于心的，因为他们从来就不关注具体数据，他们从来就把自己的村子叫做"城"。

这里就是平和县大溪镇的庄上村，不，庄上城，整个村子就像是一座土楼城。远远从公路走来，庄上城确实像一座城堡，黑瓦屋顶、粗泥土墙，门前一个巨大的方水塘，一条鹅卵石小路通向大门。走进大门，顿时给人豁然开朗的感觉，你不由感叹，这确实是一座城！三层的单元式土楼，环环相绕的房间，沿土楼内墙走一圈，里面还环抱着很多座小土楼。这城内道路纵横交错，虽有坡坎起伏，仍不时有村民骑着自行车匆匆穿过。庄上城鼎盛时期早已过去，但如今依然居住着不少人家，各种充满生活气息的响声，还原着土楼生活最真实的一面。

走上庄上城的山上，视野更加开阔了，只见土楼前端为方形，转角抹圆，沿土楼外墙而建的土楼群高约九米，共有三层。在土楼内散落着大大小小的土楼，而这些土楼之间还穿插着许多菜地、林地，还有人挖了小池塘。土楼里居然有山有水，这在福建土楼里是绝无仅有了。

据当地村民介绍，庄上土楼原设计建筑模式是葫芦形，因为当时福建、广东一带，明清军队正处于拉锯战，地方上盗贼猖獗，社会动乱。为加强防卫作用，便以原"旧寒楼"作为葫芦顶，左右配建两座耳楼"漕洄楼"和"衒升楼"作为葫芦耳，再建一座连体楼"岳钟楼"。该楼没有北墙，它直接依靠在庄上大楼的南墙外，成为小楼依大楼的独特景观，这也是别处土楼所没有的。庄上土楼虽然为土木结构建筑，但各楼的楼墙都建有窗口和枪眼，可以防卫、防震、防水、防火。该楼先后经历了两次大地震、一次特大洪灾，均安然无损。

据叶氏族谱记载，天地会早期首领张耍原是个穷书生，一年赴考落第，行乞回家，途经大溪庄上村时，已是深夜，尤奈之下只好到叶冲汉家借宿。叶冲汉为人乐善好施，见张耍慼厚，且一表人才，便热情招待，留居3年，视为兄弟，一起习武。后来张耍准备投军，叶冲汉为他准备了路费，还特别做了32个饼，让他带着路上做点心，并交代若要给别人吃，一定要先切开面饼。张耍途中歇脚，拿出面饼吃，觉得好奇，切开一看，原来是叶冲汉怕他路费不够，在每个饼中藏了一块白银，张耍感激不已。顺治七年（1650年），张耍率部众数千人投奔郑成功，屡建战功，后来官封厦门水师提督，统辖闽南各县。张耍知恩图报，给了叶冲汉不少银两，叶冲汉这才建起了庄上城。

　　大约也是因为建设资金雄厚，叶冲汉当年建庄上楼时就特别讲究细节，虽经百年风雨，现在走在庄上楼的各个角落，依然可以看到精致的石雕、木雕，石雕以高浮雕为主，木刻则多是立体镂空透雕，手法纯熟，图像大气。推开土楼祠堂厚重的木门，前厅、天井、通廊、大堂错落有致，金碧辉煌。此外土楼里还有"葆真斋""毓秀堂""半天寮"和宫庙等公用建筑设施，也都各具特色。叶冲汉当年真是用心良多，他是把这土楼当作永生永世的城堡来经营的，所以才给我们后人留下这么一座庞大的土楼城。

深山土楼妈祖节

　　这是一片峰峦叠嶂的神奇土地，分布着许多小村落，在这些名不见经传的村落里，溪流边、山坳上长出一座座庞大的土楼——是的，这些庞然大物的夯土建筑就像是从土地里长出来一样，因为它们和周围的一切是如此谐调，完全融为一体。

　　越往深山里走，越来越多的土楼让人目不暇接，经过名满天下的云水谣景区，往前6公里就是梅林村了——所有人的眼睛为之一亮，这个古朴纯净的小村，就像梦中的世外桃源，在你面前徐徐打开了一幅画卷。书洋溪和曲江溪在这里交汇，高大茂盛的古榕树掩映着一条蜿蜒的古街，庄严肃穆的青石牌坊、天后宫、青砖碧瓦的府第式建筑和成楼、明清学堂翠玉轩，还有和胜楼、松竹楼、辑宁楼……一座座古老的土楼散布在村子各个角落，历尽岁月的沧桑，却依然巍峨挺立，当你用手触摸那斑驳的土墙，或许能听到许多陈年往事的声音。土楼旁、山脚下，一片片梅花林蔚为壮观，当梅花盛开，这里就成了一望无际的花海，灿烂至极，如一朵朵火焰，在每个人的心头跳荡不已。

元朝至正末年（公元1368年），唐代名相魏征第十八代裔孙魏进兴携家带口，来到这里安居落户，繁衍至今已有六百多年。这个如梦如幻的美丽村庄，当之无愧地被评为"中国景观村落"。它的古朴与美丽浑然天成，不事雕琢，就像一个普通的乡村女子，天生丽质，令人惊艳。你在这里慢慢地行走，随便走到一个角落，都会有意想不到的发现，时间好像静止不动了，一切都显得那么安谧而超脱。古桥、古街、古树、古宅，还有一缕古风悠悠地迎面而来。这里没有都市的喧哗与骚动，这里飘动的是洗尽铅华的清幽和纯朴。

假如你农历三月底来到这里，那你将有幸躬逢一场土楼狂欢节。其实，这就是梅林的妈祖节。众所周知，妈祖是海洋女神，保佑所有航海的人们，而梅林处于崇山峻岭之中，远离大海，怎么也有妈祖信仰的习俗呢？原来这里山高水长，大家的日子并不好过，明末以来，梅林村的人们为了生计，不得不背井离乡，漂洋过海下南洋、过台湾。古话说："漂洋过海三分命。"大海变化莫测，当时的航海工具又极为简陋，不少人就在风浪中葬身大海。梅林村的父老乡亲为了祈求神明保佑游子的平安，从莆田湄洲岛千里迢迢请回了妈祖娘娘，在深山里供奉祭拜。根据记载，梅林村现在的天后宫始建于清康熙十年（公元1671年），民国辛亥年（公元1911年）重修。这座深山里的妈祖庙临溪近水，坐西朝东，分前后院，前院为平房，奉祀关公；后院两层为主殿，楼上奉祀天后妈祖。主殿面阔三间，进深三间，雕梁画栋，古香古色。

从农历三月二十一日开始，梅林村的人们就开始为妈祖节忙开了，家家户户杀鸡宰鸭、打糍粑、买糖果，络绎不绝地前往天后宫烧香朝拜。农历三月二十三日，是妈祖的诞辰日，人们早早来到天后宫，村里德高望重的长者被选作理事主持，身穿大马褂，一派威仪式，一声唱诺，铳炮齐鸣。村民们用红轿抬着妈祖神像出来了，随后是锣鼓队、西乐队、舞龙舞狮队和大鼓凉伞队。一列队伍浩浩荡荡从天后宫出发，开始了全村的巡游，举旗打伞，敲锣打鼓，奏乐鸣炮，舞龙戏狮，逶迤行进在土楼与街巷之间，行程约15公里。队伍所到之处，人潮涌动，土楼门前的禾坪上摆满了桌子，桌子上面堆满各家各户送来的糕点、鸡鸭、水果等供品，妈祖神像的红轿一到，所有的人烧香点烛，对着妈祖神像顶礼膜拜，祈盼妈祖保佑平安幸福。最朴素的心愿在这最传统的祭拜形式里虔诚地表达，不管是村子里土生土长的村民，还是外出回家的游子，或者从遥远的大海那边专程赶回来的后裔子孙，无不怀着同一个心愿。

妈祖巡游后要回庙了，抬轿的人们突然猛冲进庙前的溪流，两岸的人群发出惊呼——妈祖节的高潮到来了，这就是"妈祖过海"。人们抬着妈祖像在河水里狂奔，全身湿透，河水挂满脸盘也顾不上擦，每个人都兴奋不已地向前冲，河岸上是欢呼、掌声和不断闪动的闪光灯。岸上水里，欢乐和激情交织成一片。这是一种仪式，象征先辈们漂海过洋的艰辛，也象征妈祖在危难关头普度众生的慈悲，这又不仅仅是一种仪式，它表明人们历尽劫波，终获美满。

妈祖回庙了，这个深山里的土楼村落依然不眠，傀儡戏、芗剧轮番上演，家家户户灯火通明，吃喝声和欢笑声传出了好远……

第四辑

像落花生一样

你好，北溪先生

波浪翻滚的九龙江，像一条绿色的飘带，昼夜不息地向东而去。

北溪是九龙江的一大支流，湍急的江水来到这里，似乎舒缓了许多。这里古时叫做龙州里，多少岁月如流水般逝去，古渡依在，只是没有了往昔的喧闹。宋朝著名理学家陈淳就出生在这里，传说陈淳出生时，"百草皆香"，后来他的出生地龙州里被叫做"香州"，这个渡口也成了"古香州渡"。

陈淳世代居住在北溪之滨，滔滔北溪，留下了少年陈淳和伙伴们戏水逐浪的欢声笑语，也记住了他秉烛夜读、著书立说的身影。陈淳是喝着北溪水长大的，北溪也见证着他一生布衣的清贫和淡泊。所以，人们把他叫做北溪先生。

一个人和一条溪就这样联系在一起。他的喜怒荣辱和它的潮起潮落，从此在闽南历史册页上默默地流淌……

陈淳生于1159年，字安卿，家境贫寒，但他从小勤学苦读，尊奉孔孟之道，崇仰周程理学。考取功名，这是所有读书人的梦想，北溪先生也不例外。但是，他生活中出现了一个人，改变了他的生命轨迹。

这个人叫做林宗臣，是当时著名学者高东溪的学生。他反对北溪先生参加科举，觉得那不是圣贤所应该从事的事业，并送给他一本朱熹、吕祖谦合撰的理学著作《近思录》。这本书让陈淳如获至宝，他日夜攻读，见贤思齐，从此不再谋取乌纱，终生布衣。那时他听说朱熹在武夷山紫阳书院讲学，非常向往，可惜囊中羞涩，只能伫首北望，满怀遗憾。

转眼到了1190年，突然传来一个让陈淳欣喜若狂的消息，一代大儒朱熹来到了漳州，出任知府。"十年愿见而不可得"的大师犹如天降一样来到了本土，这可是千载难逢的机缘。他带上自己的作品《自警诗》，从北溪风尘仆仆地赶往漳州府。

听说有一布衣求见，朱熹也不端架子，立即接见。那番寒暄的礼节略去不表，想必陈淳也说了一些久仰的真心话，且说朱熹读了陈淳的诗文，立即激赏不已。这时，两个人之间不再有身份的拘束，就像两个相知恨晚的同道，交谈甚欢。朱熹非常器重北溪先生，多次对别人说，这次南来，"吾道喜得陈淳。"

可惜朱熹在漳州未满一年，因为爱子夭折，他就匆匆离任了。后来在闽北讲学时，朱熹时常向学生们提起陈淳，夸奖他学理深透，少有人能得上。有时接到陈淳的信札，展阅之后，总是欣喜地跟学生们说，陈淳进步很快，将来不可限量。

远在北溪草舍的陈淳，更加想念武夷山下的恩师。1199年冬天，陈淳冒着严寒上路了，不远千里来到建阳考亭再谒朱熹。这时朱熹已经卧床不起，但是陈淳的到来让他很高兴，他硬撑起身子听完陈淳的心得汇报，连连点头说："如公所学，已见本原。"第二年正月，陈淳告别老师回到北溪，朱熹就在那一年病逝了。陈淳的理学思想是直接继承朱子的，在闽学流派中，具有相当重要的学术地位。他的著作很多，主要有《北溪字义》2卷、《北溪大全集》50卷，均收入四库全书。后人把他和黄干、蔡元定、真德秀并称为朱熹四大弟子。陈淳1218年病逝后，葬于家乡的一块平地上，当时的文化名流陈宓为他的墓道题写了10个字："呜呼！有宋北溪先生之墓。"

这位清贫的北溪先生，还写得一手好字画，女儿出嫁时，无力置办嫁妆，只好送她一幅画。据说他画的鸡，会让人听到晨啼的声音，他画的龙眼，则会长出累累硕果。他还非常孝顺，有一年他母亲生病了，他面对苍天号啕大哭，请求上天让他承受母亲的病痛。

假如时光可以倒流，我们愿意在北溪之滨和他相遇，并向他打声招呼：你好，北溪先生。

不屈的头颅

走进位于漳浦东郊的黄道周讲学处，最引人注目的就是天井里那块天方盘。这块用十三片石板精心砌成、盘面呈正方形、高40厘米、边长3.78米的石盘，刻着一万多个小方格和八个同心圆，纵横交错，同时留下了偌大的空白，显得那么奇诡神秘。

据说这是黄道周亲手制作的用以演算易经的教具，可是不久之后他便远离故土，前赴国难，如今哲人其萎，悠悠百载，已无人能解。

这个彪炳千秋的爱国主义者，不仅是一个才情卓著的理学家、书法家、文学家，还是一个深谋远虑的易学家，可是他把他的秘密留在了天方盘，如果石头能够开口说话，它能告诉我们什么呢？

明万历三十七年即1609年，黄道周从东山铜陵迁居至此，建成这座东皋书舍。1644年，明朝灭亡，为了表示对明王朝的一片忠诚，黄道周重建书舍改名"明诚堂"。

那是个天崩地坼的时代，大明王朝气数已尽，南明小朝廷也在一片风雨飘摇之中。国难当头，令人奇怪的是一生仕途坎坷的黄道周却突然走了官运，福王在南京即位后，立即下诏任命他为吏部左侍郎。黄道周满怀报国之志来到南京，随即被升为礼部尚书，可是这个醉生梦死的小朝廷毫无作为，不到一年，当清兵的铁骑一路势如破竹杀到南京时，顷刻覆灭。那时黄道周恰好被派到浙江祭奠禹陵，失去了一死殉国的机会。据说黄道周年少时就在云山石室卜卦演算自己能活到62岁，而这一年他才61岁，他还要做最后的抗争。

唐王在福州正式登基后，重用了黄道周，封官武英殿大学士兼吏、兵二部尚书，可是黄道周手中没有一兵一卒，甚至没有一件武器，他只能回到家乡招募子弟兵。凭着他的声望，最后竟然也拉起了一支几千人的队伍。这个明天启二年的进士、负有重望的一代大儒，并不是一个军事家，但他也知道，这支以锄头扁担为武器的"扁担兵"，这支只有十匹马、只筹到一月兵粮、只是靠忠义之气集结在一起的家乡子弟兵，根本就不是骁勇强悍的清军的对手，然而他已经义无反顾，吟诗明志："六十年来事已非，翻翻复复少生机；老臣拼尽一腔血，会看中原万里归。"

当黄道周率领义军浩浩荡荡开出仙霞关时，在家的蔡夫人一声长叹："此夫子尽瘁之日矣！"

黄道周的义军在江西境内兵分三路，向清军发起进攻。这是一场毫无悬念的战斗，一方是没有受过任何军事训练的乌合之众，一方是横扫大半个中国的精锐部队，一经交战，结果就已经出来了。

这是一个注定不可逆转的悲剧性结局，但是有时候结局并不重要，重要的是走向结局的过程，黄道周正是在这一过程中把他的忠义推向极致，明知不可为而为之，那是何等回肠荡气的悲壮！

义军很快被打败，黄道周落入了清军的手中。押解南京之后，清廷对他还是比较客气的，毕竟他是儒林一代宗师，名震天下，如果愿意归顺，自是求之不得。不过他们也是估计到了黄道周的精忠刚烈，派出他的闽南老乡洪承畴出马劝降。黄道周根本不买这个降清重臣的帐，先是冷嘲热讽，继而送给他一副对联："史笔传芳，未能平虏忠可法。洪恩浩荡，不思报国反成仇。"

这副千古流传的藏头联，嵌入史可法和洪承畴这两个忠奸正邪如冰炭的人名。当时洪承畴羞愧难当，掉头而去，再也不敢来见。黄道周见状，不由哈哈大笑，在他心里早已抱定一死殉国的信念，他只不过在从容地等待着刑期。

1646年农历三月五日，黄道周知道这是他最后的日子，一大早便盥洗更衣，对随从说："以前有人向我索字画，我既已答应，断不能食言。"让人铺纸研墨，先作小楷，后改行书，写了一幅大字，接着画一幅残山剩水，再画一幅长松怪石，写上题识，加盖印章，把笔轻轻一甩，然后出门就刑。

拖着沉重的镣铐，黄道周依旧昂起不屈的头颅，大义凛然地走向刑场。随从请黄道周给家眷留几句遗言，只见他撕裂衣襟，咬破手指，蘸着鲜血写下了最后一幅大字："纲常万古，节义千秋；天地知我，家人无忧。"这是怎样悠然自得的镇定，一副视死如归的从容，好像他只是像平常一样出一趟远门，家人用不着牵挂。

被押到东华门时，黄道周想起孝陵就在附近，又见到一块福建门牌，便走到牌下，指着"福建"两字说："我君在焉，我亲在焉，死于此可也。"他遥望南方，向着家乡的方向深情一拜，然后慷慨就义。

四年后，黄道周长子和门生在南京寻得他的遗骨，归葬漳浦北山，一代大儒终于魂归故里。如今，黄道周墓地四周草木青葱，山花怒放，每一个到此凭吊的人，不免扼腕叹息。

这个十岁便能作古文词、"若有神授"的闽海才子，大半生的时间在漳浦、余杭、漳州等地授业讲学，弟子遍布闽、浙、苏、赣、皖；他一生著作等身，涵盖理学、史学、文学、天文、地理各个学科，其主要著作被后人编辑刻成《明漳浦黄忠端公全集》。他的诗书字画，更是旷世奇崛，其文法称为"黄体",书法叫做"漳浦体",可谓绝代不凡,独成一格。同时代的大旅行家徐霞客评价他,"字画为馆阁第一,文章为国朝第一,人品为海内第一,学问直接周孔,为今古第一"。

其实,明王朝对这位性格耿直的才子很不公正,甚至可以说是残酷的,几次降级罢官,还投入大牢狱打成骨折,然而当入关的清兵直逼江南,南明小朝廷岌岌可危,昔日的王公宠臣纷纷投降或逃命之际,黄道周却挺身而出,以羸弱的身躯演绎了一出风雷激荡的悲剧,这正是儒学文化人格的闪光,"莫谓书生空议论,头颅掷处血斑斑"。

本来黄道周已经告老还乡,他可以传道授业、吟诗作画了此残生,如果是这样,黄道周也不过是一个学识渊博的文人,但是,他身上那知识分子的血性让他站了出来。

一百年后,连他所抵抗的征服者的第四任皇帝乾隆也不由得赞叹他是"千古完人"。

我的老乡林语堂

当我写下这个题目,我实实在在感觉到自己是在沾光。但是,这里面并无"我的朋友胡适之"式的攀附,林语堂先生的祖籍地天宝、出生地坂仔,离我家的距离均在三十公里以内,而且不论他从天宝到坂仔,还是从坂仔到天宝,不管是走水路还是旱路,都必定经过我家门口——想象一下，这是非常令人心驰神往的事情，假如时光可以倒流，我愿意每天守候在路边，看着这个山地少年兼未来的文学大师步履匆匆地走来，用闽南话和他打声招呼。可是流逝的岁月里，我没能赶上他的脚步，作为一个家乡晚辈后学，现在我只能用汉字向他致敬。闽南话是我们共同的方言，而我们又同样操持着汉字，一边谋生一边表达对世界的感受，这让我对这位前辈的敬重里多了几分亲切。

可是，说来惭愧，我读到了大学中文系一年级，还不知道林语堂的名字。我想这也不能全都怪我，按照眼下的说辞，在很长一段时间里，林语堂被中国文学史成功地屏蔽了，这里面复杂的历史原因，姑且不去说它了。且说到了大二，现代文学课上讲到了鲁迅，那可是整个学期的功课，大半本的教材，有一天，老师的嘴里漫不经心吐出了一个陌生的名字：林语堂。从某种意义上说，他是作为反面人物出现的，因为他和鲁迅论辩过，鲁迅何许人也？胆敢不和他老人家统一思想，自然是另类。这时，我也注意到教材上有关林语堂的简要介绍，"福建龙溪人"什么什么的，语焉不详。其时，龙溪地区刚刚改为漳州市不久，说实在的，当时我一点也意识不到这个"龙溪人"应该就是我的老乡了。最为可笑的，有个来自三明尤溪的同学，居然表示非常惊讶，我们尤溪原来还出了一个林语堂啊？后来我不得不指着教材让他把眼睛瞪大一点，他才喃喃自语似的指责教材印得太模糊了，以至于他认错了字。当然这是后话了。这说明了什么？中文专业的人对林语堂也是这般隔膜，其他人就别提了。回想当年的无知，我深感愧疚。记得是在1987年的春天，一个课余经商卖书卖袜子卖方便面的高年级同学在宿舍走廊上贴出了预定新书广告，打头的就是林语堂的《生活的艺术》，我毫不犹豫就交钱定了一本。一个多月之后，书到手了，让我有点意外，一本薄薄的册子，印制粗陋，而且还是没有书号的非正式出版物，只是《上海文学》杂志社编印的内部资料，封面上"内部资料"四个字印得特别醒目。当时这四个字还是让人迷恋的，它似乎代表着一种宽容和解放。这本没有书号的工本费一元四角的小册

第四辑／像落花生一样

子，成为我所通读和收藏的第一部林语堂著作，至今还隆重地安置在我的书柜里。

毕业之后我回到了家乡，以文字为业，开始我的谋生生涯。在纷纷纭纭的世道人心面前，我发现我学不来林语堂的淡定和幽默，这首先是因为我的学养严重不足，而匪夷所思的现实是，我们这个时代，文化和知识遭受到公然的蔑视，油腔滑调和无知撒谎被表扬成幽默。这种情形下，纵然我有一万个幽默细胞，也纷纷牺牲了。所以在我这个阶段的文字里，显得火气十足，字里行间好像站着一个怒发冲冠的唐吉·诃德。但是在我的日常生活中，我毫不掩饰地表达着我对林语堂的欣赏和热爱，在中国现代文学史上，林语堂是我最为推崇的两个作家之一，另外一个是沈从文。有朋友就奇怪了，你喜欢林语堂，可你的文字一点也不像他，在你的文字里看不到林语堂的任何影子。这涉及了写作风格以及一些技术层面的话题，我无法展开，只能说：虽不能至，心向往之。

时序更替，万事流转，岁数渐长之后，有些道理方才领悟，就像流行歌曲所唱的，"四十岁以后才明白"。我发现我的文字里开始褪去了火气，努力地心平气和地看待这个世界，偶尔也幽它一默。为什么不呢？幽默其实也是一种态度，一种人生观，一种价值观。年少时喜欢林语堂，只因他是老乡，现在对林语堂的喜欢，则是精神上的认同。

遮蔽在大师身上的阴霾逐渐拂去了，当一个城市开始懂得珍惜自己土地上诞生的大师，这意味着该城市的文化意识在觉醒。一个没有诞生过大师的城市是寂寞的，一个城市不爱护从自己身边出现的大师是可悲的。漳州有幸，它为世界贡献了一个大师，如今它也知道了，大师代表着一座城市的品位。在我们脚下的这一片蕉风绿浪的土地，怎样孕育、培养出大师？我开始寻找大师童年留在家乡的足迹。

从我家山城前往平和坂仔，现在是宽敞的公路了。几十年前，两地的交通，人们更喜欢借助船只行驶在河流上。这条潺潺流淌的花山溪流，很长的时间里曾经是坂仔和外界联系的重要通道。1905年，一个少年和他的三哥从这里乘坐小舟，准备前往厦门求学。

让我们想象一下这样一幅温馨的场景：静水流深的花山溪，朴拙的小舟，少年初次远离故乡，送行的父亲总是不放心地一遍遍叮咛，小舟点篙离岸，少年的身影慢慢消失在父亲和故乡的视线里……

这个少年就是林语堂，那一年他刚刚10岁。

此后，不管是从坂仔到厦门的往返，还是从坂仔到上海的旅程，从10岁到17岁，又到21岁，在这11年的时间里，林语堂许多次从这道溪流出发，先是搭坐悠悠小舟，经山城、天宝，抵达西溪再换乘五篷船，一路向东直到厦门。这一趟行程需要三天三夜，在这条充满闽南风情的河道上，两岸秀丽的风光、朴实的农舍、飘动的渔火，还有清澈的流水，让林语堂陶醉在大自然的怀抱里。

在他40岁的时候，林语堂深情地写道："我在这一幅天然图画之中，年方十二三岁，对着如此美景，如此良夜；将来在年长之时回忆此时，岂不充满美感么？"

谁能想到，就是这条名不见经传的溪流向世界输送了一个文学大师。谁又能想到，一个世界级的文学大师就在这片山地孕育、出生和成长。

林语堂有一首《四十自叙》："我本龙溪村家子，环山接天号东湖，十尖石起时入梦，为学养性全在兹。"诗中"东湖"便是坂仔的雅称，十尖、石起都是坂仔的高山。在林语堂的笔下，"坂仔村之南，极目遥望，但见远山绵亘，无论晴雨，皆掩映于云雾之间。"这绵绵不尽的群山，让林语堂从小感到神奇和敬畏。他说："如果我有一些健全的观念和简朴的思想，那完全是得之于闽南坂仔之秀美的山陵。"在林语堂逝世前一年，也就是1975年，他在《八十自叙》里总结80年人生，再次强调："我能成为今天的我，就是这个原因。我把一切归功于山景。"

一个享誉世界的文学大师，把他一生的光荣和梦想，全都归之于故乡的山景，这是怎么样的情怀？那又是什么样的山景？

如今我们走进平和坂仔，这个群山连绵的闽南小镇，盛产香蕉。当年林语堂出生的坂仔教堂已不复存在，原址建起了小学校，林语堂少年时翻越的围墙还留下一段残垣，上面早已没有大师的体温，但似乎还能让人看见当年顽皮的林语堂骑在墙头上的情形；当年林语堂提水的水井也改变了模样，但是井里清幽的泉水，依稀闪现着山地少年的面容；那口林语堂从小敲过的教堂的大钟，后来移进了新建的坂仔基督堂，物是人非，它的声音依旧那么恢宏、明亮，穿透尘封的岁月，让人恍然回到一个山地少年的多梦时节……

林语堂的父亲叫做林至诚，本是芗城区天宝镇五里沙人，家境贫寒，从小肩挑糖果、豆仔酥，四处叫卖，但他非常聪慧，读书识礼，无师自通，24岁那年进入教会的神学院，26岁被长老会派到百余里之外的坂仔，成为一个乡村牧师，从此彻底改变了命运。在林语堂的眼里，父亲"是个无可救药的乐观派，锐敏而热心，富于想象，幽默诙谐"。林至诚用闽南语布道，亲切而又生动，即使没有文化的农人也都爱听，他走到哪里，哪里就会飘荡起一阵开心的笑声。

父亲的性格像故乡的山水一样，深深地影响着林语堂。林至诚那一套教子的办法和理念，至今看来仍旧非常先进，那就是平等、民主和宽松，让子女们从小在自由自在的氛围里无拘无束地长大。这个牧师家庭没有中国传统家庭的陈腐和压制，就像一种良好的社会体制一样，提供了适合人的发展的最好模式。林语堂6岁发蒙，10岁就到厦门读小学，接着又读中学。每年放假回到坂仔，远远看到了家门，林语堂便激动地跳上岸，一边狂奔一边大喊："阿妈，我回来了！"有时，则走到家门边捏着嗓子，假冒乞丐的声音说："牧师娘，行行好，给点水喝吧。"

走出山地的少年，走到了厦门，又走向了繁华如梦的上海。1916年，当乡村牧师林至诚完成使命回到天宝时，22岁的林语堂刚刚从上海圣约翰大学毕业，前往北京清华大学任教，此后，这个山地少年再也没有回到故乡，随着他的步履从北京又到美国、德国、香港、台湾，随着他的声誉在全世界逐渐传遍，远离的故乡在他的心中却是越来越清晰，越来越深入到他的灵魂里。

1962年，67岁的林语堂被女儿接到香港游玩。女儿对父亲说，香港有山有水，风景像瑞士一样美。林语堂认真地说，不够好，这些山不如我坂仔的山，那才是秀美的山。

这就是一代大师林语堂，故乡的青山在他心里早已是一种生命的情结，一种无可替代的精神象征。

这个从闽南山地走向世界的漳州人，给我们留下了六十多本著作，据不完全统计，全世界出版的林语堂著作有800多种，其中300多种为英、法、德、日、西班牙等各大语种的译本，读者遍布全球，其代表作《京华烟云》《吾国吾民》《生活的艺术》等等，更是蜚声世界，所以他被推选为国际笔会副会长、多次获得诺贝尔文学奖提名。

这个"两脚踏东西文化、一心评宇宙文章"的幽默大师，出身牧师家庭，却自称是老庄之徒，满怀中国古典文化精髓，又融合了西方绝妙的哲思。他提倡性灵闲适，讲究生活的艺术，永远以一颗赤子之心看世界，就像他的小名和乐一样，和谐并快乐着……在他身上，漳州人风趣幽默的性情，几臻完美。这个漳州人对漳州的影响正在显现，并将日愈深远。我想起前年的一件小事，几个朋友小聚，其中一个朋友就向她女儿介绍我说，这人是作家。那个十岁左右的小女孩子头一偏，认真地说：他是作家，像林语堂那么有名吗？大家都笑了。这是非常让人愉快的事情，一个十岁左右的漳州小女孩子，在她心目中，把林语堂当作了一个最值得崇拜、最有名的作家。对我这样一个四十来岁的以写作为业的漳州人来说，我早已学会不崇拜任何人，但是，假如能够和林语堂生活在同一时代，我愿做他的门丁书童，然而注定我只能隔着遥远漫长的时光，高山仰止。

在未来无穷无尽的岁月里，人们提起漳州将首先想到他：林语堂。

他是我们这座城市的文化徽标。高楼在岁月里夷为平地，而大师的人文精神在岁月里日渐隆起。

像落花生一样

　　闽南漳州的新华东路曾有一座二层砖木结构小楼，是许地山先生的故居，现在已不复存在。在这高楼林立、灯红酒绿的闹市，总有寻访而至的人怅然离去，他们只能在心里默诵《落花生》……

　　1893年2月14日，许地山生于台湾，他的父亲许南英是一个爱国的知识分子，1895年中日甲午战争爆发，许南英在危难之际担任台湾筹防局统领，率众反抗日军的入侵。日寇占领台湾后，许南英全家迁回大陆，落户漳州。

　　那时许地山刚刚3岁，第二年便入私塾读书，他聪颖早慧，成绩优异，漳州城里纷纷盛传，许家出了一个"神童"。

　　辛亥革命前夕，年少的许地山毅然剪掉辫子，和腐败的清王朝决裂。此时，家道中落，他担起了生活的重担，先在石码眉麓小学当教员，后来又到省立第二师范学校任教。

　　1913年，20岁的许地山远渡重洋，来到缅甸仰光华侨创办的中华学校，受聘任教两年，回国后，在漳州华英中学任教，后来重回省立二师，兼任附属小学校长。有了一份稳定教职的许地山，心里并不安分，漳州城太小了，而他的梦想很大。1917年暑假，来自燕京大学文学院的录取通知书，让许地山感觉到梦想徐徐打开了帷幕，从漳州来到北京，他的人生也进入一个崭新的阶段。

那是个风雷激荡的时代，许地山常常和瞿秋白、郑振铎、耿济之等人一起抨击时政，寻求真理，探索改造社会、振兴中华的道路。这群志同道合的年轻人在北京青年会图书馆编辑《新社会旬刊》，宣传革命思想，发表新文学作品。当五四运动爆发时，许地山再也无法抑制内心的激情，走上街头发表演讲，到天安门参加游行集会。

1921年1月，毕业留校任教的许地山和沈雁冰、叶圣陶、郑振铎等人发起成立文学研究会，提出"为人生"的文学主张，创办了中国现代文学史上第一个规模最大、影响最广的新文学刊物《小说月报》。许地山以落华生为笔名，在《小说月报》发表了第一篇小说《命命鸟》，以他曾经生活过的缅甸为故事背景，描写了一对青年男女在封建礼教束缚下的爱情悲剧，引起读者的强烈共鸣。许地山从此开始文学创作生涯，在中国新文学运动史上写下了许多经典名篇，12篇短篇小说结集为《缀网劳蛛》，44篇散文小品收入《空山灵雨》一书，流传至今。

这个从漳州走到京城的年轻作家，把眼光投向了更远的远方。他和梁实秋、冰心一起来到美国哥伦比亚大学研究院，获得文学硕士学位，接着进入牛津大学研究宗教史、印度哲学、梵文、人类学和民俗学，又获得文学学士学位。1927年学成回国后，许地山先后在燕京大学文学院、宗教学院任教。

1931年日本军国主义者悍然发动"九一八"事件，许地山这个血性的闽南汉子拍案而起，奔走呼号，著书立说，声讨日寇罪行。但是，许地山的爱国举动令时任燕大教务长司徒雷登很不满，四处排挤他并将他解聘。许地山全家迁往香港，出任香港大学文学院主任教授。教学、写作、抗日救亡，许地山终于积劳成疾，引发严重心脏病，不幸于1941年8月4日英年早逝，年仅49岁。噩耗传出，宋庆龄第一个送来花圈。

自从离开了漳州，家乡便在游子的心里魂牵梦绕。漳州的亲人、漳州的风物，时常奔涌到许地山眼前。他脍炙人口的经典名篇《落花生》，就是对在漳州的童年生活的深情回忆。他用一种非常朴素的语言，娓娓讲述着故乡往事，"我们屋后有半亩隙地。母亲说：'让它荒芜着怪可惜，既然你们那么爱吃落花生，就辟来做花生园罢。'"平淡无奇的开头，从花生的种植写到收获，从花生的有用说到做人的道理，"人要做有用的人"，通篇是明明白白的大俗话，却阐述了一个实实在在的人生哲理。

斯人不在，旧居也夷为平地，人来人往的街市之间，我们似乎能够找见这位先贤的身影，他就像是我们生活中一个平易近人的智者。许地山一生以"落华生"为笔名，以此警策自己。其实，他的一生就是落花生的写照，朴实无华，秀外慧中。

蓝氏三杰

闽南与台湾隔海相望，汹涌的波涛阻挡不了两地人民的往来，那道弯弯的海峡，千百年来风起云涌，这里有迁徙的桨声，有贸易的桅帆，也有战事的炮火。

不平静的台海风云之中，接连涌现三个平台、筹台的英雄，他们都来自海峡西岸的漳州，而且都是漳浦蓝氏畲族人：蓝理、蓝廷珍、蓝鼎元。蓝理是蓝廷珍的族叔，而蓝廷珍又是蓝鼎元的族兄，这三个同出一门的台海英雄，被后人并称为"蓝氏三杰"。

蓝理曾经是赫赫有名的"破肚总兵"，在清政府收复台湾的关键性战役——澎湖海战中，发挥了关键性的领导作用。康熙皇帝先后两次为他题写御书榜文："勇壮简易"和"所向无敌"，它们镌刻在高大的牌坊上，至今依然挺立在漳州岳口街，默默地向后人讲述着那些激动人心的台海往事。

在蓝理调任浙江定海总兵时，故乡一个同宗少年不远千里前来投奔，这个少年就是蓝廷珍。

蓝廷珍精明能干，有勇有谋，很快在军营脱颖而出。康熙六十年（1721年），台湾朱一贵起义，短短几天就几乎占领全岛。深谙台海形势的蓝廷珍率部从鹿耳门登陆，首战告捷，蓝廷珍迅速扩大战果，经过七天征战，便抓获朱一贵，一举控制了全岛的局势。

台湾平定后，蓝廷珍奉令代理提督一职，留台处理善后事务。蓝廷珍晚年在故乡漳浦建造了规模宏大的府第，至今保存完好。

当年，蓝廷珍提出那些切中实际的对台策略，并且很好地实施，身后有着高人筹划和指点，这个人就是跟他一起出师赴台的同乡族弟蓝鼎元。

蓝鼎元生于1680年，字玉霖，号鹿洲，漳浦赤岭人，是当时有名的学者，被认为是"经世之良材"。

这个来自一水之隔的漳州人非常熟悉台湾历史，入台后又几乎走遍了台湾，他对台湾社会、政治、经济、地理、风俗和文化等方面进行了深入的分析，深思熟虑，而又高瞻远瞩，率先提出对台湾进行综合治理，促进台湾走向"文治"社会的具体措施，即十九事：信赏罚，惩讼师，除草窃，治客民，禁恶欲，儆吏胥，革规例，崇节俭，正婚嫁，兴学校，修武备，严守御，教树畜，宽租赋，行垦田，复官庄，恤澎民，抚土番，招生番。蓝鼎元每天出入提督府，为蓝廷珍出谋献策、起草文书、发布公告，写成《东征集》，他深思熟虑的扛鼎之作《平台纪略》，更成为当时和后来台湾官员的治台经典，他也因此获得"筹台宗匠"的美誉。台湾著名史学家连横说："鼎元著书多关台事，其后宦台者多取资焉。"

当时，闽粤移民纷纷涌入台湾，北部、中部的土地大量开发，可那里却没有建置设官，蓝鼎元提议把辽阔的北部一分为二，新设彰化县，而淡水地势重要，人口剧增，改置淡水厅。这些设想很快变成了现实，对台湾经济发展产生了巨大的推动作用。台湾的开发与繁荣，凝聚着他的真知灼见。蓝鼎元一年多后离开了台湾，以拔贡选入京城，参加编修《大清一统志》，他的著述颇丰，还有《鹿洲初集》《女学》《鹿洲公案》等等，当然，其中的对台策略最能体现蓝鼎元"经世之良材"的功力，他对台湾所产生的影响无比深远，至今绵绵不息。

蓝理、蓝廷珍、蓝鼎元，这三个来自漳浦蓝氏种玉堂的族亲，亲自指挥或直接参与了清初对台湾的几次用兵，对台湾的治理和开发做出了重要的贡献。他们把自己的名字写进了台湾历史。这数百年来风云际会的台湾海峡，海风吹拂着千年不变的黄色的脸，波澜壮阔的海峡至今传诵着蓝氏三杰的英名。

漂泊的瘿瓢山人

第一次到宁化，是在20世纪90年代末期，傍晚时从福州坐长途卧铺大巴，经过一夜的颠簸，天快亮时我才睡着，但这时车停了，有人喊着，到了到了。我一激凌就醒了过来，发现大巴停在汽车站外面的大街上，天刚蒙蒙亮，透过车窗，一眼看见街头三角地带立着一个长须飘飘的老者，哦，宁化真是到了。

那就是瘿瓢山人的塑像。在很多人的印象中，宁化是客家祖地，是画家故里。那晨曦中的瘿瓢山人可以视如宁化的城标。

天色微熹，刚从睡梦中醒来的街道显得空寂和安静。赶早的人们步履匆匆，从十米高的塑像下面，像水一样流过。瘿瓢山人以深沉和安然的目光看着他的客家乡亲们。几百年过去了，生活的主题还是相同的，人们得为生计奔波，就像瘿瓢山人当年一样。

我提着行李，迎面走向这个"怪而不怪，艺传百代"的一代画圣。这是个清癯的老人，左手握着一只瓢，右手持一枝笔，正伸向瓢中蘸墨，像是准备挥笔作画。在中国艺术史上，杰出的艺术家像是星星闪烁的银河，这个面容削瘦、目光坚毅的老人就是其中璀璨耀眼的一颗星。他自创草书笔法作画，形神灵动，他的行草风骨苍劲，他的诗自抒胸臆，古朴清丽，在闻名遐迩的"扬州八怪"中，他是诗书画全能的丹青妙手。

1687年6月14日，即清康熙二十六年五月初五端午节，宁化城翠华山下的黄家，有个男婴呱呱坠地。当时旧俗以为端午节出生的孩子会克父母，引得孩子的祖父连声叹息。谁也预想不到，这个男孩后来是著名的孝子，而且成为名满天下的诗书画三绝的一代大师，成为宁化县一千四百多年历史最杰出的代表之一，成为无数客家英杰中的佼佼者。

这就是那位伫立街头的瘿瓢山人。原名黄盛，后来改名黄慎，字公懋、躬懋，后来又改字恭寿，并取别号瘿瓢山人。这一年他四十岁，把一只质地坚硬、木纹细碎的树瘿从中间破开再挖空，刳制了一只瘿瓢，腹沿上刻有草书"雍正四年黄慎制"，口外沿尖端镌小八分书"瘿瓢"二字，据说此瓢今藏扬州，自是珍贵得不得了。

瘿瓢山人出生时，宁化这个客家祖地已有千年历史，钟灵毓秀，人文深厚，她是注定要诞生一个伟大人物的。一个伟大人物，往往能让人们对一个小地方刮目相看，品读出沉甸甸的人文意蕴。

黄慎的父亲叫做黄维峤，字巨山，也算是个读书人，母亲曾氏，粗通文字。他刚出生时，黄家三代同堂，过着清贫的日子。黄慎4岁时，家里又添了两个妹妹，他从7岁开始接受启蒙教育，识字读书，后来他在七古《述怀》中写道："七岁画灰亦知书"。大师的童年应该还是快乐的，生活刚刚向他打开了一扇窗口，他用童稚的眼光打量着这个世界，读《三字经》、背《百家姓》，用木炭在地上涂涂划划，从中获得了一种难于言说的乐趣。黄慎12岁那年，弟弟黄达出生了，多了一张嘴，家里的生活难以为继，黄父只好离家远赴湖南，做起了小本生意。为了生存，走向远方，这也正是客家人的千年传统。不幸的是，黄父两年后即染病客死他乡。后来黄慎在七古《述怀》中叹道："嗟哉父死洞庭野，我母鞠育如掌珠。"

父亲一死，全家的生活重担就全落在了黄慎母子身上。这一年，黄慎才14岁，家徒四壁，一贫如洗。他的两个妹妹相继夭折，弟弟断奶挨饿，时常啼哭不已。曾氏日夜做针线女红，艰难地维持着家中的生计。那时，母亲一边做针线活，一边督促黄慎读书识字，常常到了三更半夜，黄家还传出一阵阵做女红的刀尺声和背诵诗文的读书声。每天天一亮，曾氏便让黄慎带着针线活到市上出售，生意好的话，能换得一二升米回家下锅，要是卖不出去，全家人就只好用野菜杂糠熬成的糊糊充饥了。

贫寒的生活并不能磨灭黄慎的艺术悟性，反而激发了他对画画的强烈兴趣。母亲见他画什么像什么，就叫他专心学习画相，这也是门手艺，学好了就能养家糊口。黄慎16岁这年，曾氏听说建宁县有画相的高手，便让他去拜师学艺。黄慎走了四天，爬山越岭来到了180华里外的建宁，寄居在萧寺，白天拜师学画人像，晚上临摹古人名画书帖，诵读四书五经。那时他和建宁画友宁荃一同习画苦读，每晚借着佛像前的烛光，读书作画到天明鸡啼。经过一年多的勤学苦练，黄慎的功夫迅猛长进，"已能传师笔法，鬻画供母"，算是熬出头了。

历史注定黄慎不会是个庸碌的画匠，这时，他结识了宁化、建宁和上杭的许多诗朋画友，艺术视野开阔了，也有了更大的抱负。宁化诗人张钦很欣赏他的画作，同时建议他还要多读诗书，学会做诗，在画里融进诗意，这样才能超凡脱俗。黄慎深受启发，作画写诗齐头并进，融会贯通，在他二十来岁时不仅画得一手好画，还写得一手好诗，当时的文艺前辈官亮工、吴天池、刘鳌石等人对他的才情激赏不已。

岁月如梭，黄慎在26岁这年娶妻张氏，28岁时祖父母过世，生活有了新的变化，而最大的变化却是，在人生和艺术的历练中，黄慎诗书画都取得了很深的造诣，一个成熟而优秀的艺术家呼之欲出。

宁化养育了黄慎，但毕竟，宁化太小了，正如当年石壁培育了客家民系，而石壁不过是弹丸之地，客家民系只有走出石壁，才能获得发展与壮大，对于踌躇满志的黄慎来说，宁化所提供的舞台太小了，他就像当年的祖先一样，思忖着走向广阔的世界。

康熙五十八年（1719年），33岁的黄慎告别母亲妻女，踏上了艺术的漫游之路。当年他的先祖从远方走来，现在他从宁化出发，再度向远方走去。这种一脉相承的客家精神像一股新鲜的血液，在他身上流淌着。

走出宁化的黄慎故地重游了建宁，然后进入江西境内，游历南丰、宁都、瑞金、赣州，一路吟诗作画，结交当地诗人画家，诗酒唱和，其乐融融。雍正元年（1723年），黄慎由赣州南下，穿越梅岭进入粤东，一边游历一边卖画，下半年返回赣州后，沿赣水乘船顺流而下，直抵南昌，结交了当地诗画家李仍，一同游览了新建县的诸多景点，两人论诗作画，相互切磋。这年十月，黄慎从长江顺流而下，经过两三个月的漂泊，年底到达了南京，寄居同乡雷氏兄弟寓所，开始在这六朝金粉大都市卖画为生。

南京风光秀丽，人文鼎盛，黄慎像一只鱼儿游进了海里，在南京的大半年时间里，他画了许多好画，作了许多好诗，画家文人圈子里多少有了他的名声，这个来自闽地偏僻所在的客家人逐渐引起人们的关注。雍正二年（1724年）的夏天，黄慎第一次来到了扬州。

说来也是缘分，黄慎初来乍到就喜欢上了这个春风十里的扬州城。当时的扬州地处南北水陆交通要冲，是江淮地区的经济文化中心，力商云集，人文荟萃。富绅们夜夜笙歌之余，大肆搜罗字画，天下文人蜂拥而至，有"半在扬州"之说。从小小的宁化来到这"淮左名都"，黄慎并不妄自菲薄，他是有备而来的，因为他的作品就是他的名片。在他的渔妇图、贫僧图、盲叟图、仕女图和八仙图和山茶、芍药、石榴、桃花、蔷薇、萱草等等花卉图面前，富有鉴赏眼光的扬州商人不禁颔首称赞，他的市场还是慢慢打开了。黄慎到扬州最早结识的画友是汪士慎，他性情旷达，与人为善，从不算计他人，因而交游很广，当时扬州及周边地区的画家、诗人郑板桥、李鳝、高翔、鲍皋、边寿民、陈撰、王步青、马荣祖、杨倬云、黄树谷、杨星嵝、程文石等等，都和他过从甚密。

然而，扬州的快意时光令黄慎倍添思乡之愁，年迈的母亲尤其让他牵挂。在扬州呆了两年多，他实在无法忍受思亲之苦，雍正五年（1727年）五月，黄慎启程返乡，七月中旬回到宁化，和弟弟黄达一起将母亲妻女带到扬州。途经江西瑞金县时，遇到了著名画家上官周。这位同郡的前辈对黄慎颇为赏识，还专门写了一首诗纪录此次会面。年底回到扬州后，黄慎一家暂居旅馆，第二年夏天迁往西北郊平山麓的三山草庐，后来又几次迁移，因为他声名日隆，虽润格不菲，求者甚多，"持缣素造门者无虚日"，一家人的日子还是过得不错的。在雍正九年（1731年）间，他甚至还纳了个叫做吴绿云的扬州美女为妾，老友郑板桥写了首诗送他："闽中妙手黄公懋，大妇温柔小妇贤。妆阁晓开梳洗罢，看郎调粉画神仙。"现代女权主义者看了这首七绝肯定不爽，居然把黄慎一妻一妾的生活描写得这般和谐，不过，琴瑟之好，确是让黄慎诗兴勃发，他以这位扬州美女为原型，一口气写了11首《闺情》，其后的仕女画里也不难找到他这位夫人的模样。

一晃在扬州过了十二年。这十二年是黄慎艺术生涯中最灿烂夺目的十二年，据统计，这一时期他一共作画327幅，写诗143首，以画书诗三绝名噪大江南北，"瘿瓢之名满天下"。扬州虽好，毕竟是他乡，黄母曾氏日渐年迈，思乡心切，想着要回宁化。黄慎是个孝子，自己在扬州的惬意和盛名，和母亲的要求一比，就不算什么了。雍正十三年（1735年）春，黄慎携母亲和家眷离开扬州返乡。

黄慎一家人沿长江、赣水溯流而上，一路舟船劳顿，历尽艰辛，两年多后才回到故乡宁化。在漫长的旅途中，为了换取川资，黄慎不顾劳累，辛苦作画，不少佳作就出自这一时期。

漂泊多年的游子又回到了故乡的怀抱，这已是乾隆二年（1737年）的春天了。当年走出宁化时，黄慎还是三十几岁的壮年，而今已是两鬓斑白的知天命之年了，心中自然有无限感慨。

这一路返乡的盘缠，几乎花去了黄慎在扬州的积蓄，安顿下一家老小，他只得又出门卖画了。不过，老母在家，且多病缠身，他再也不敢远游，只在宁化附近的地区奔走。他结交了许多平头百姓，挑夫、厨子、工匠、游僧、理发师都成了他的朋友，也成了他作品中的主角。他为人随和，朋友们要他的字画，往往拱手相送，分文不取，而一些他看不上眼的达官贵人，即使出再高的价钱，他也不愿意把字画卖给他们。那时节，宁化民生惨淡，寿宁桥上时常挤满讨饭的乞丐，黄家的生活也颇为困顿，黄慎在一幅古刹图上题了一首七绝，隐约可见他的心境："瘿瓢杖笠意何求？只学孤狐老此丘。回首问天思往事，一声黄叶寺门秋。"不过，他天性达观，追求艺术的脚步还是一直没有停止。

乾隆五年（1740年），黄慎来到长汀卖画，拜见了汀州知府王相。这个知府很赏识黄慎的字画，黄慎也创作了不少作品送给他，并借此机会提出为母亲建立节孝牌坊。黄母年轻守寡，上有公婆，下有幼子，给老人送终，把孩子抚养成人，几十年来含辛茹苦，着实是一个特别勤劳、特别善良的客家妇女。王知府同意了，不过虽以官府名义树立牌坊，却要由黄慎个人出资。黄慎二话没说，倾其所有，很快，一块节孝牌坊就在城北地带的花心街竖立起来了，横楣上镌刻着"旌表儒士黄维峤之妻曾氏"。据说此坊上世纪三十年代末还立在原处，可惜现已无存，留下的只是黄慎对母亲的一片孝心。

就在牌坊立起的第二年，也许是黄母感到知足了，离开了人间。黄慎悲痛万分，依照宁化客家习俗，隆重地料理了后事。丧母之痛让黄慎消沉了许久，为了一家人的生计，他只得继续外出卖画。他先后到了连城、永安、福州、南平、沙县、建阳、武夷山和古田等地，一边游历山水，一边吟诗作诗，还广交朋友。在福州时，黄慎还意外地遇到了三十年前一同在建宁萧寺习画的宁荃，老友阔别重逢，令人唏嘘。这个不安分的客家人在外面游走了九年，才回到宁化老家。可是在家里，板凳还没坐热，他又想走了。乾隆十五年（1750年）八九月间，黄慎接到新任台湾御史的好友杨开鼎的邀约，途经长汀、龙岩、南安、泉州，来到了厦门，准备渡海赴台。然而，不巧的是，黄慎在厦门遇到了准备回扬州奔丧的杨开鼎，台湾去不成了，他便跟着杨开鼎，沿赣水、长江而上，再度来到了扬州。

阔别十六年后，黄慎又来了。这时，他已是65岁的微驼老人。扬州景致还是那么熟悉和亲切，"惟见邗沟外，垂杨翠可亲"，可是物是人非，有的老友离开了扬州，有的则撒手人间，令黄慎怅然而悲伤。黄慎重返扬州不久，年已七旬的上杭籍著名画家华嵒也从杭州来到了扬州，两个老乡在他乡相见，分外高兴。华嵒在黄慎的《玉簪花图》题了一首七绝："月边斜著露边垂，皎皎玉簪雪一枝。赠与钱塘苏小小，玻璃枕上撒青丝。"两个客家老乡和艺术大师留下了一段佳话。第二年，黄慎到江阴县拜访了宁化老乡、时任江南提学使的著名理学家雷鋐，赠送《草书自作五律册》，雷鋐为他写了《瘿瓢山人诗集序》，对他的诗和书法大加赞赏。第三年，黄慎还在扬州遇到了福建老乡、诗人刘名芳（福清人），相见甚欢。

他乡邂逅老乡，令黄慎扫去了寄居的寂寞。一些旧友新知，又开始聚在一起吟风弄月，诗酒唱和。两淮盐运史卢见曾的宴席、文园诗社的中秋酒会，高朋满座，文人齐聚，黄慎也参与其中，吟诗泼墨，留下了许多佳作。他还先后到如皋、南通等地走访文朋画友，乘兴而去，尽兴而归。

乾隆二十一年（1756年）二月初三，郑板桥发起文人雅集，每人各出百钱，黄慎、程绵庄、李御、王文治、于文浚、金兆燕、张宾鹤、朱文震来了，全是当时寓居扬州的名流。郑板桥即兴画了一幅《九畹兰花图》，并赋诗一首："天上文星与酒星，一时欢聚竹西亭。何劳芍药夸金带，自是千秋九畹青。"

但是这种纵酒欢歌的时光毕竟不多，黄慎到底是一日老于一日，他似乎感到该给自己的人生做个小结了，执笔作七言长古《述怀》，自述了生平经历。在这重游扬州的六年间，他作画约98幅，其中《故事人物条屏》12幅、《宋祖蹴鞠图》、《折枝梅花图》等等，均是形神飞动的佳作。

次年年初，黄慎依依不舍地离开扬州回家。

两居扬州，黄慎的艺术成就在这里达到了顶峰。他和郑板桥、金农、罗聘、高翔、李鱓、汪士慎、李方膺等一帮情趣相投的朋友，在艺术史上被称为"扬州八怪"，其实正如刘海粟先生说的，"怪而不怪，艺传百代"。他们落拓不羁，嬉笑怒骂，看似怪异的举止，其实正是人性的自然流露，更可贵的是，他们在艺术上表现出了独特的创造力和想象力，师法自然，勇于创新，突破了文人画的雅俗标准，从根本上扭转了文人画逃避现实、脱离生活的陈腐习气，转向关心现实世情、注重民众生活，使中国画推陈出新，给中国近现代画吹去了一股清新的风，至今影响深远。一代宗师齐白石1919年在《老萍诗草》中写道："余在黄镜人处获观《黄瘿瓢画册》，始知余画犹过于形似，无超然之趣，决定从今大变。"一代大师这般公开表露自己对前辈的借鉴和私淑，似不多见，黄慎对后世的影响力由此可见一斑。

又是一年多的艰难旅程，黄慎在乾隆二十三年（1758年）春，回到了故乡宁化，此时他已是72岁的老人了。我的朋友、宁化现代诗人鬼叔中曾经觅得一幅黄慎自画像：背微驼，鼻子上架一老式眼镜，前额及头顶全秃，胡须拉拉杂杂的，不修边幅，只见他一手背后，一手持笔，痴迷地张着嘴，神色专注地正在作画——一看，就是无比可爱的一个糟老头形象。回到故乡的黄慎，年事虽高，为了糊口还得卖画，同时也收了一些门徒。这个可爱的老头，喜欢把他刚刚完成的作品拿给别人观赏，一边拉着别人的手，一边喃喃自语似的说个不停，说着说着却忘了自己在说什么，便坏顾左右问他的学徒：我刚才说什么了？年纪大了，往往画完一幅画，就酣然入睡。不过，他年迈的身体还是很健康的，还几次翻山越岭，步行二三百里路，到永安、建宁、武夷山和长汀卖画。

这个一生布衣的艺术大师，在故乡的最后时光里依旧是闲不住的。视力不大行了，但还能写小楷，画画的速度也很快，神助一般，如入化境。"画时，观者围之数重，持尺纸更迭索画，山人漫应之，不以为倦。虽不经意数笔，终无俗韵。"

乾隆二十八年（1763年），宁化知县陈鼎收集了黄慎诗作，删去了大约一半，将他的339首诗编为《蛟湖诗钞》四卷，为之作序，然后捐出个人的俸薪，刻印发行。依黄慎本人的财力，他肯定是无法刊印自己的诗集，只能任其湮灭。幸好他遇到了一个爱才的有眼光的知县，其实陈知县不仅是为我们这些后人保存了黄慎的诗作，更是为宁化的文脉保存了生机。

陈鼎在《黄山人〈蛟湖集〉叙》中描绘了黄慎的晚景，可谓十分传神："山人落拓，不事生产。所得赀，辄游平山堂及金陵秦淮湖，随手散尽。倦而归。今且老矣。延与相见，年高而耳聋。与之言，不尽解，惟善笑而已。""颇嗜果饵。睡久不起，撼醒之，贻以时果，则跃起弄笔，神益壮旺。"

据不完全统计，黄慎晚年居乡期间，留下了约六十件画作，还有若干怀念扬州友人的诗篇。虽说名满天下，但他的晚景似乎有些清寂，以至于他的卒年也说不清楚了，一说卒于乾隆三十五年（1770年），一说是乾隆三十七年（1772年）。不管怎么说，黄慎活上了八十，在当时算是长寿了。这个常年漂泊的艺术大师最后还是悄然无声地死在了故乡，葬在宁化县城北郊一座叫做茶园背的小山上。

这个嗜睡的老人，一觉睡了二百多年，他的墓地直到1983年3月才被人发现，那里有一片杂乱的桃林，野草几乎淹没了他的墓地。人们发现了残破的墓碑，残存的文字记载黄慎葬于乾隆三十七年（1772年）八月（如是当年安葬，则黄慎卒于乾隆三十七年无疑，但宁化素有停棺待葬的风俗，所以也不能仅凭墓碑来断定其卒年），人们还发现他除了原配张氏、侧室吴氏，还曾继配连氏，死时有两个儿子四个孙子。风流总被雨打风吹去，据说黄慎的直系后人已难于找寻。这个客家画圣，他的天才失去了直接的传承者。

在宁化的那些日子里，我每天从黄慎塑像的面前经过。对我来说，距离上次在这街头初见瘿瓢老人，已有近十年的时光。我看到，那用钢筋和白水泥浇注而成的塑像在风吹雨打中，有了些许斑驳，瘿瓢山人的面容显得憔悴。摄影师老曲甚至说，有点像乞丐了。瘿瓢山人一生布衣，他画了那么多乞丐、贫僧、渔翁，其实，他也是生活在最底层的平民，只不过他的精神在高处，他的理想在远方。

"画到精神飘没处，更无真相有真魂。"郑板桥是读懂了他这位老友，而我们每天从他面前经过，也许应该停一下匆匆的脚步，抬头仰望一下。我想，我们也能读出一些什么的……

寻找李世熊

明末清初，宁化泉上有这么一个隐士，他在自家客厅的桌上放了一杯清水，一盏油灯，客人来到后，要是懂得把杯里的清水倒在地上，把油灯点燃，就会受到主人的加倍欢迎。这两个动作含了一个哑谜，正是：反清复明。

这个隐士就是李世熊。他这种传说中的举动，似乎有些孩子气，其实正和那种推重气节的客家硬颈精神一脉相承。

明万历三十年（1602年），李世熊生于宁化泉上，字元仲，号寒支，他自幼聪明，传为神童。但是他的科举命运却非常坎坷，接连不断的落榜之后，他索性闭门谢客，沉潜到经史之中，在字里行间听屈子的天问，常常唏嘘不已。

那时正是改朝换代之际，李世熊心情沉恸，明朝灭亡后，自号寒支道人，终年隐居在阳迟山。他建了一座叫做檀河精舍的木房，把他的书斋取名"但月庵"，用意颇深，"但月"拆开便是"明一人"。在这腥风血雨的年代，李世熊以他的气节和人格选择不合作的态度，隐藏在乡野山水之间，"空挥骚屈泪，山泽自行吟"。清军入闽后，多次征召他，都被他大义凛然地拒绝。

三百多年后，我们来到泉上寻找李世熊的遗迹。走过弯曲的山道，一块小山头下面有一块开阔地，一口小水塘幽深荒凉，空地上芳草萋萋，据说这就是檀河精舍和但月庵的遗址。据新编《宁化县志》介绍，檀河精舍是一幢三开两进歇山顶单层木房，当年李世熊所反对的政权没能拆毁它，却是上世纪六十年代的"革命小将"将它彻底消灭。现在，我们只能对着空寂的山地惘然若失。李世熊在1686年逝世后，原葬泉上白沙坳李氏祖墓旁边，十一年后改葬在但月庵后面，后来和但月庵一同毁于"文革"。现在的李世熊墓是1987年重修的，墓碑也是新立的，上面刻着：大明遗民九世祖李公世熊之墓。也许这是李世熊自撰的碑文，他生作明朝的人，死也要做明朝的鬼，坚贞如一。

听说泉上镇的旧街还有李世熊的故居，我们沿着村道寻访而去。来到一座破旧敞开的老房子前，看到一块平淡无奇的假山石，据说这是从檀河精舍搬来的，可是这块流离失所的假山石，已让人感觉不到李世熊的大气，显得有些呆头呆脑。正房锁着门，铁锁上落满了厚厚的尘土，从木板的缝隙中往里看去，一根屋梁已经塌了下来，祖先牌位上也是一片七零八落，不知是后人把牌位新迁到别处还是冷落了它们。我们意外地看到一块李世熊的牌位，陈旧且破损不堪。

一代客家学人的遗迹仅仅三百多年，就这么难于寻觅。不过，可以庆幸的是，李世熊的许多著作留下来了，物质消亡，精神尚在。当年李世熊在但月庵专心著述，"剩有寸心明似雪，临风披诉与谁闻？"郁积胸中的块垒化作了一篇篇雄奇的文字，《狗马史记》《钱神志》《寒支初集》《寒支二集》《物感》等等，其中《钱神志》记载自先秦至明末的历代钱币制作和流传情况，是研究古代钱币史的名作，《物感》是中国第一部伊索式的寓言集，《狗马史记》借古喻今，严厉鞭挞了当时腐败污浊的政治风气和各种投机谄媚的无耻小人。

在李世熊83岁那年，他独自编撰完成了《宁化县志》，这成了宁化历史上、甚至中国文化史上的一个奇迹。这本皇皇三十万字的巨著，一经刊行，便被视为"天下名志"。至今学术界仍有"中国方志两部半"的说法，即一部是《武功志》，一部是《宁化志》，半部是《朝邑志》。康熙二十五年（1686年）初秋，李世熊着凉染病，到了深秋，病越发重了，他自知时日不多，对他儿子说："吾年四十已勘破生死，今逾大耄，死何所畏。"然后端坐着闭上眼睛，离开了人世。

这个终身不仕的客家学子，以他的气节和风骨对抗着残酷的现实。他苍老的身影渐行渐远，所留下的精神财富却依然滋养着客家子弟……

鹰潭的前世今生

对鹰潭的认识，绝大多数福建人都是从鹰厦铁路开始的。记得第一次出闽北上乘坐2522次车，火车在大山里盘旋，隧道一个接着一个地扑来。

远行的兴奋早已被折磨得所剩无几，夜半打盹之际，突然听到广播说，鹰潭站到了。猛一惊醒，从车窗看出去，这边站台上停靠着许多趟火车，上车和下车的旅客挤成一团，而另一边则是纵横交错的铁轨，在昏红的灯光下，弯弯曲曲地向前延伸，不时有一列满载的货车轰隆隆地驶过。这就是我对鹰潭的第一个印象，它像一场斑驳的老电影，每当在我脑子里重映时，必定响起悠长的火车汽笛声……

在数十年的漫长时光里，鹰潭是福建人坐火车出省的唯一通道。鹰厦铁路成为福建走向全国的黄金大动脉，入闽物资大部分要经过鹰潭，而福建的物流也要通过鹰潭才能源源不断地流向全国各地。在过去的年代里，福建是对台的前方，而鹰潭是福建的后方。

作为一座地级市，鹰潭确实太小了，只辖一个月湖区、一个余江县和一个县级贵溪市，总面积3556.7平方公里，人口120万。往前追溯几百年，鹰潭更小，唐朝以来一直属贵溪辖地，称鹰潭坊。明万历年间曾设神前司。清乾隆三十年（1765年）置鹰潭巡检司，同治三年（1864年）设鹰潭镇，还是归属贵溪县管辖。1935年12月，浙赣铁路修到了鹰潭，这个小镇似乎有了一些热闹。大文豪钱钟书在他的《围城》写到了鹰潭，"火车一清早到鹰潭，等行李领出，公路汽车早开走了。这镇上唯一像样的旅馆挂牌'客满'，只好住在一家小店里。这店楼上住人，楼下卖茶带饭。窄街两面是房屋，太阳轻易不会照进楼下的茶座。门口桌子上，一叠饭碗，大碟子里几块半生不熟的肥肉，原是红烧，现在像红人倒运，又冷又黑。"冷峻的笔调里透出许多的荒凉，这应该就是当年一个小镇的真实写照。小镇如何走出沉寂的宿命？鹰潭的转机来了，1955年2月鹰厦铁路的兴建，昭示着一个光明的开始。20万大军开山凿洞，架桥铺轨，艰苦奋战了22个月，当火车的汽笛声第一次在福建境内的大山里响起，这个紧邻福建的小镇涌入了大量的人员和物资，许多筑路的铁道兵转业成了铁路人，来自福建各地区的不少民工也留了下来。人们总结说鹰潭有三多，铁路人多，军人多，外地人多。这"三多"让鹰潭成为一个流行普通话的地方，显露出巨大的包容性，尽管那时候的鹰潭"一条小街一座楼，一个公园一只猴，一把扫帚扫到头"，还是一个小镇的格局，但是"汽笛一响，黄金万两"，人流与物流的兴旺，它早已按捺不住奋然前行的激动，蓄势待发了。1979年3月，鹰潭镇改为县级鹰潭市，1983年7月27日升为省辖地级市，原县级鹰潭市境置月湖区，上饶市划出贵溪、余江来属。一个原属贵溪的小镇异军突起，反过来管辖贵溪，这不能不归功于它日益重要的交通枢纽作用，浙赣、皖赣、鹰厦三条铁路干线在鹰潭的交汇成就了它的"三级跳"。鹰潭人对铁路是感恩的，他们自豪地说：鹰潭是火车驮来的城市。

从小镇脱胎换骨而来，一座城市的命运与铁路如此血肉相连，鹰潭的前世一定是阳刚的。传说鹰潭的龙头山上遍布挺拔的樟树，而山麓下有一个清幽的深潭，老鹰成群结队在这里盘旋飞舞，"涟漪旋其中，雄鹰舞其上"，鹰潭由此得名。鹰，结实有力的飞翔，在这里成为一个动感的意象，契合了这个小镇的巨变轨迹，而潭，是深邃的、浩淼的，则象征着此地人文的源远流长。

"亿载造化，千古人文"，这说的正是鹰潭的龙虎山。地质学家说龙虎山是中国丹霞地貌发育程度最好的地区之一，其丹霞地貌类型多样，拥有从幼年期、壮年期到老年期丹霞地貌的完整序列，是大自然亿万年造化的结晶。历史学家告诉我们，东汉建元二年（公元90年），道教创始人张道陵来到云锦山，肇基炼丹，"丹成而龙虎现"，云锦山因此更名龙虎山，后来张天师入蜀未归，第四代天师张盛回迁龙虎山祖坛，从此在这里代代相袭，至今已传63代，历经1900多年。而在文学家的笔下，龙虎山则是另一种传奇，古典名著《水浒传》第　　回"张天师祈禳瘟疫，洪太尉误走妖魔"，写宋仁宗派遣洪太尉前往龙虎山，宣请张天师星夜来朝，祈禳瘟疫。洪太尉来到龙虎山之后，张天师避而不见，他在上清宫看见"伏魔之殿"，强行掘开前代老祖天师锁镇魔王的地穴，里面的36员天罡星、72座地煞星趁机投奔人间，化身为梁山泊108将，演绎出一部惊天动地的经典小说。小说家言虽不可信，却是格外有趣，给龙虎山这座中国道教第一山增添了无穷尽的人文意味。现在，人们来到龙虎山，更多的是惊叹它的隽秀雄奇，陶醉在碧水如染、晶莹剔透的泸溪河之中。

发源于福建光泽的泸溪河像一条闪亮的玉带串起了龙虎山的几大景区，河两岸的赤壁丹崖有如鬼斧神工，呈现出各种奇特的造型，最著名的莫过于"十不得"了：男女相依的夫妻峰，是"尼姑背和尚走不得"；含苞待放的水中莲花石，是"莲花戴不得"；硕大无朋的仙桃石，是"仙桃吃不得"；惟妙惟肖的天师炼丹勺岩，是"丹勺用不得"；红紫斑斓的云锦山，是"云锦披不得"；漩涡翻滚的道堂岩，是"道堂坐不得"；孤峰独秀的钟鼓石，是"石鼓敲不得"；天师试剑的试剑石，是"剑石试不得"；横溪枕流的玉梳石，是"玉梳梳不得"；而仙女岩呢，则是"仙女配不得"。这"配不得"的仙女岩其实是一个酷似女阴的几十米高的竖形岩洞，而在不远处就有一座像是男根的金枪峰，它们应该是相配的，大自然也像人一样，阴阳共处，和谐兴盛，这不正是道教所追求的天人合一的境界吗？在我看来，金枪峰配得仙女岩，这天造地设的奇观让龙虎山的人文蕴涵焕发出更多的勃勃生机。如果说，这象征着生命，那些朝阳的悬崖峭壁上的千古悬棺，则无疑是神秘的死亡。现存202处的悬棺主人是谁？他们为什么要把棺木放到壁立千仞的悬崖上？他们又是如何把粗重的棺木升起放进峭壁的崖洞中？这不啻是千古难解之谜。尽管现在已经有了使用滑轮和绞车的升棺表演，但这也只不过是现代人的一种猜想，谜底远未揭开，龙虎山依旧笼罩在一片神秘的气息之中。道教的发祥与张天师的传承，奠定了龙虎山在中国道教史上的地位，"中国道都"实至名归。在龙虎山下的天师府，是历代张天师起居和祀神所在，也是道教正一派祖庭和历代张天师掌管天下道教事的办公衙门，建筑布局呈八卦形，充满古徽派建筑特色，规模宏大，古木参天，雕梁画栋，金碧辉煌。

鹰潭，前世与今生的脱胎换骨中，越发豪壮和瑰丽。

锁匠与音乐家

——林蔡冰的传奇人生

引子：哎哟，我的妈！

新世纪的一天，我准备去采访林蔡冰。没想到路上偶遇文友青禾，青禾是漳州作协主席，中国作协会员，著名的小说家，他问我到哪去，我说准备去找林蔡冰，听到"林蔡冰"三个字，他的眼睛就一亮，对我说：我跟你说个小故事，那是八十年代初，我还在漳州汽车运输公司当经理，单位里经常有个五十来岁的小老头进进出出，手上提着一只皮面磨损、拉链脱落的黑皮包，里面装着七七八八的修锁工具，他就是来给单位修锁的老蔡。老蔡干活很利索，简直有点神奇，一把锁眨眼间就能装好，掉了钥匙的锁他撬几下就能开。他干完活，常常来我办公室坐坐，我感觉我们虽然不同行当，岁数也相差不小，但还是十分投缘的。有一天，他告诉我，他懂得英文、俄文和印尼文，我有点将信将疑，他接着告诉我，《哎哟妈妈》这首歌就是他翻译的。我不由愣住了，谁不知道这首歌啊，它居然就是面前这个修锁的老头翻译的？我突然一拍大腿，叫了一声：哎哟，我的妈！

这个修锁的老蔡就是林蔡冰，林蔡冰就是印尼民歌《哎哟妈妈》的中文译配者。据专家机构认定，在我国传唱最广的外国歌曲，首推美国歌曲《祝你生日快乐》，其次就是这首《哎哟妈妈》。

老蔡开锁：林蔡冰的绝活与日常生活

新华东路是闽南沿海城市漳州市的一条老街，街面狭窄，两边的老屋高高低低，斑驳一片，显出一些"历史"的氛围。四周高楼耸立，步步紧逼地包围着它。我越往里走，越感觉是走进一条现代都市的峡谷。终于，我看到了一块像手臂一样横街伸出的木牌，上面用红漆画着一把钥匙，竖写着四个大字：老蔡开锁。

不用说，这就是林蔡冰的家。我走到林家店面前，一个老人就迎了出来，问道："你是小何吧？"因为我的采访是预先约定了时间，所以他一眼认定来人是我，我不由暗自惊叹他的眼力，再看眼前这个老人，只见他的身材出人意料地削瘦，个头也十分矮小，两边脸颊向里面陷进去，一副老式眼镜几乎占去了脸上的大半面积，镜片后的眼光很澄静，像一泓波澜不惊的湖水。岁月在他脸上留下了沧桑的印记，但是他神态飘逸，像是隐居山中的高人，你一点也看不出他是个锁匠。店里摆了一个修表摊和一个修锁摊，有个年轻人正埋头修着一只手表。林蔡冰说，那是他小儿子。

"林老师，您修锁修了几年了？"刚一坐下，我就迫不及待地问。

"三十几年了，不过我修锁时，没人叫我林老师，大家都叫我老蔡、蔡师傅，台湾有个康师傅，漳州有个蔡师傅嘛。"林蔡冰说着，孩童般笑了起来，脸上的肌肉笑得不够用。我心想，这是个性情中人，也正因为这样，几十年的风风雨雨他咬一咬牙就挺了过来。

七十年代初，林蔡冰迫于生计，开始为人修锁。不过开头他实在拉不下脸来，漳州城里碰来碰去都是熟人，觉得不好意思，他便跑到乡下去，走村窜寨跑了一年，用他的话来说，就是"胆量锻炼出来了，脸皮也厚了"，于是就回到城里，在家门口摆了一个修锁摊。修锁、开锁、配匙这种活，属于实在活，只有一个衡量标准，锁能开就好，不能开就不好，无从吹嘘。光顾蔡师傅的客人越来越多，经过他们的嘴巴，一传十传百，越传越神：新华东路那个蔡师傅，修锁神了，只要瞥一眼你的锁匙，仅用一把锉刀，三下五下就能把你的锁匙配出来，丝毫不差。说来也是，林蔡冰从小就喜欢捣弄各种东西，三天两头就把家里的钟表拆得体无完肤，转眼间又严丝合缝地把它装上。正是这种对修理器械的"天然的爱好"使他玩起锁来得心应手，如有神助。经过几年来的摸索和实践，他的手艺炉火纯青，已经达到出神入化的境界，配匙只需看一眼，根据匙形的高低变化即刻可以编出一个号码，然后用一把锉刀几分钟就能锉出一把新的钥匙，他自称这是"林氏号码配匙法"，也许有朝一日要申请国家专利呢；开锁，对他更是轻而易举，随便用根铁丝插入锁洞里，转几下就能把锁开了。市井传说中的高人开锁，功夫恐怕也不过如此，当然，林蔡冰说了，修锁的人是不偷开别人锁的，这是行规，更是做人准则。

　　林蔡冰配匙开锁的功夫传了出去，生意随之潮水般涌上门。漳州城里不管单位还是个人，谁丢了钥匙进不了门，或者要换把新锁，总是第一个想到他，而他总是随叫随到，早些年没电话，捎个口信给他，他立马踩起那部咔嚓咔嚓响的老自行车，来到你家为你开锁；这些年有了电话，只需给他一个电话，他手上的活一忙完，就骑车出发。三十几年来，林蔡冰走遍了漳州城的大街小巷，为人配过多少钥匙，开过多少门锁，谁也数不清，只有他手上的老茧才知道。现在，林蔡冰已经七十一岁了，电话来了，还要骑着车穿越繁华的城市，上门为人开锁。我问他，这么大年纪了还行吗？他从脸上摘下眼镜，在手上擦了许久，连声说行。他感觉到我好像不大相信，便拿来了一把新的锁头。这是一把三重防盗锁，我家里的铁门就是这种类似的锁，说实在的，我用钥匙开起来都常常觉得费劲，且看看林蔡冰老人如何"表演"。

林蔡冰在一张用几块破木板钉成的小凳子上坐了下来，左手抓紧锁头，同时用一根铁线插进锁洞里，紧紧按住不动，然后右手拿起一根牙签，往上转了几下，只听到轻微的一声"嘀嗒"，第一道锁开了，他又往上转了几下，第二道锁又开了，最后往下又转了几转，第三道锁开了。若不是亲眼目睹，我真有些不相信，林蔡冰仅用一根铁线和一根牙签，在三分钟内就把一只三重防盗锁开了！我连连称奇，林蔡冰却只是淡淡一笑，就像韩愈先生笔下那个超人的卖油翁，谦逊地以为"无他，惟手熟尔"，但是你真的不能不叹为观止。

关于锁的话题，林蔡冰没再多说什么，我也不想多问，因为我自己知道我不是单纯来采访一个锁匠的，我也是来采访一个音乐家的。林蔡冰眼光久久凝视着我，突然说："到我房间看看。"我知道他是想告诉我一些什么了，便随他弯着腰走上二楼的小阁楼，走进一个音乐家的世界——

> 译海泛舟：林蔡冰的梦想和精神生活

林蔡冰的房间很乱，因为小更显得乱，地上丢着几把锁头、一些不用的铁线，木沙发上散乱地放着磁带和影碟片，一只老式书柜里无规则地放着歌本和磁带，还有一些锁匙的包装盒，我注意到一张小竹椅上搁着一部台式的三用机，是八十年代初流行的那种，陈迹斑斑，而且一个按键已经脱落了。一个音乐家至今还用着它倾听音乐，我心里不由微微一颤。

1931年，林蔡冰出生在漳州一个印尼归侨家庭，他从小体弱多病，一场小小的流感就能轻易地击倒他，但是他从不哼一声，心里始终洋溢着对生活的热爱，文学、外文和音乐给他多病的生活带来了温暖和慰藉，在漳州一中就读时，他试着练笔，开始在漳州的报刊上发表小说和散文，初试的成功使他勇气倍增，决定这辈子献身文学艺术。1950年，林蔡冰考上了厦门大学英语系，正像鱼儿来到了大海里，他想畅游在知识的海洋里是一件多么美好的事情啊，可是一场无情的疾病粉碎了他的梦想，他不得不休学还乡。林蔡冰回到家里，一边养病，一边收集、记录民间歌曲，不久，上海的《广播歌选》便发表了他搜集的民歌《赶大车》，他捧着散发油墨芳香的样刊，心里久久无法平静，这是他走向音乐殿堂的第一步，从此他对音乐的热情和天赋被激发起来了。此后，他又先后考上华东师大和福建师院的外文系，但是天公不作美，仍是因为身体原因，他无法坚持学习，先后两次退学，不过他并不灰心丧气，因为他已经选择了翻译歌曲作为自己的事业追求。一个人，只要有事业心，只要有追求，哪里不是大学呢？林蔡冰正是抱着这样的信念，从五十年代起就开始做一个"自由撰稿人"——须知，今天还有多少艺术家要靠文联之类的机构养着，有勇气跳出来做自由撰稿人只是极少数，而林蔡冰从五十年代起就开始自谋出路，不要说敢为天下先，这至少是一般人无法做到的。

在家养病的林蔡冰凭着外文的功底和音乐的素养，翻译了一首首美国歌曲和苏联歌曲，北京、上海的广播里和舞台上时常响起他译配的这些外文歌曲，优美的旋律像一双神奇的翅膀带着他来到一个没有疾病、没有烦恼的欢乐世界，他在这里流连忘返，畅饮美的甘醇。几年里他便出版了三本翻译的歌集。许是父亲从印尼归来的缘故，他想应该学一点印尼语，便借助汉语拼音，无师自通地学会了印尼语。这时，他接触到了印尼民歌《哎哟妈妈》，一下子被它纯朴无华的歌词、诙谐欢快的曲调迷住了，他反复哼唱，推敲，连做梦也在唱着"哎哟妈妈"，他终于用几天的时间把这首歌翻译成中文。

> 河里水蛭从哪里来？
>
> 是从那水田向河里游来。
>
> 甜蜜爱情从哪里来？
>
> 是从那眼睛里到心怀。

哎哟妈妈，你可不要对我生气，

哎哟妈妈，你可不要对我生气，

哎哟妈妈，你可不要对我生气！

年轻人就是这样相爱！

这首歌先后由刘淑芳、陈蓉蓉等著名歌唱家演唱，录制成唱片、磁带发行，并被数百种书刊转载，自五十年代至今流传不衰。

然而，十年"文革"开始了，林蔡冰翻译的外国歌曲属于资产阶级的东西，无处发表，即使偶然发表了，也没有一分稿费，已经结婚生子的林蔡冰生活便陷入了困顿，他无计可施，只好干起修锁的行当。他的身份便这样裂变了：白天，他是修锁的老蔡师傅，晚上他才是翻译歌曲的艺术家。

寒来暑往，林蔡冰终于盼来了改革开放的好年头。他翻译了一首苏联歌曲《我们的火车头》，随即被《人民音乐》刊载，接着，他又翻译了印尼民歌《划船歌》，经由著名歌星朱逢博演唱，一夜之间唱红了全中国。1989年中央电视台春节联欢晚会，一下子演唱了他译配的两首外国民歌《哎哟妈妈》和《单程车票》，引起了亿万观众的极大兴趣。

翻译外国歌曲的同时，林蔡冰把眼光投向了与漳州同源同俗且一水之隔的台湾。1982年，他把台湾广为流传的闽南语歌曲《思念我故乡》译成普通话，发表在辽宁《音乐生活》杂志上，这是海峡两岸阻隔三十几年后，台湾歌曲首次在祖国大陆登台亮相，它引起的反响是不言而喻的。从此，林蔡冰把更多的精力投入到两岸文化交流中，大量介绍台、港歌曲，把台湾闽南语歌曲翻译成普通话，台湾著名的歌曲《一支小雨伞》《望春风》《雨夜花》等等就是经由他的译配与推介，才在大陆流传开来的。他还撰写了一大批介绍海外歌坛的文章，在国内率先介绍了王杰、齐秦、费翔、徐小凤等著名歌星，一共编辑出版了《王杰歌选》《齐秦歌选》等15种歌本，总销量达一百多万册。中国音乐界权威钟立民深有感触地说过，在国内，第一个译配印尼歌曲且成就最大者，是林蔡冰，大量介绍台湾歌曲、译配台湾闽南语歌曲且成就最大者，也是林蔡冰。所以，林蔡冰当之无愧，是目前漳州市唯一一个集中国音乐家协会、中国音乐文学协会、中国音乐著作权协会三会会员于一身的艺术家。

几十年的音乐生涯使林蔡冰始终保持着愉快、乐观的心态，尽管1000多首译歌并不能让他过上富足的物质生活，他上有九十多岁的老父亲要赡养，下有一个未嫁的女儿，妻子多年前就从工厂下岗回家，亦无稳定的收入，自己年逾古稀还得终日劳作，但是圣洁的音乐早已使他超越了世俗的苦难，达到一个淡泊、宁静的高远境界。身居远离中国音乐中心的商品化城市，林蔡冰却始终饶有兴致地关注着整个中国乃至全世界的音乐潮流，对当今乐坛态势了如指掌。当《泰坦尼克号》驶进中国，那深情缠绵的主题歌《我心依旧》在大街小巷一次次响起，林蔡冰怦然心动，倘若能将英语译成闽南语，在海峡两岸传唱开来，那该多有意思啊。从此，林蔡冰每天从外面为人开锁回来，便放下工具包，搬一只小凳坐在天台上，用那台老式三用机一遍遍地放着《我心依旧》，他凝神倾听，石像似的坐着不动，只有那双枯瘦的手不停地打着拍子。他心潮澎湃，沉浸在柔肠百转的旋律里，几天后便把它译成了闽南语，并由闽南语歌星庄晏红试唱成功。

林蔡冰告诉我，现在，他正忙着跟音像出版社联系和洽谈，准备出版闽南语版的世界名歌VCD和国语版的闽南语歌VCD，谈了几家出版社，他们颇有兴趣，却觉得发行方面可能不太乐观，还迟迟不敢拍板。林蔡冰认为，把世界名歌译成闽南语，可以提高闽南语歌曲的档次，使之跟上世界音乐潮流，而将台湾的闽南语歌曲译成国语，则有助于海峡两岸文化的交流与传播，这是非常有意义的，其市场潜力也是可以预见的，林蔡冰对此十分看好，相信出版界一定会有人慧眼识宝的。他平静地说，这套VCD出了，我也就没什么牵挂了。

跟林蔡冰握别，从他家走出来，他站在门槛上目送着我，我回头一看，他正站在那块"老蔡开锁"的木牌下，手上拿着房间里拿出来的音乐磁带，脸上是一种超然的微笑。这是一个修锁师傅对生活的平常心，更是一个音乐家对生活的赤子心。

回家
——吕秀莲胞兄吕传胜率团回乡祭祖纪实

热烈的炮竹声在这个小山村的上空热烈地鸣响。

这是最传统也最中国的欢迎仪式。

车队从蜿蜒的公路上驶来，在欢迎的人群面前停下，可是炮竹声没有停下，爆响的声音继续渲染着气氛，表达着情绪，此情此景，很多话都不必说了，只须用心感受，那惊天动地的声响里就有着最浓最纯的亲情。车里的人迫不及待地走下车来——

人们一眼就看到那个西装革履、满脸激动的"阮（我）厝人"吕传胜，八年不见，他看起来还是那样气宇轩昂，这个在台湾大名鼎鼎的律师，身兼台湾律师公会联合会常务理事、台湾选举委员会委员数职，在这个叫做吕厝的小山村更是无人不晓的宗亲。这是他第四次回来了。

不过，这次回来跟前面三次不一样，因为吕传胜的身份起了一个微妙的变化，因为他的胞妹吕秀莲去年当上了台湾的"副总统"，更因为吕秀莲上任伊始极力宣扬"台独"。

一个"台独"分子的哥哥回到祖籍地省亲祭祖，使得本来很平常的回乡变得有些不平常。

昨天，也就是2001年3月22日下午一时许，吕传胜率领的台湾桃园吕氏宗亲团一行45人，抵达厦门国际机场，受到漳州市有关领导和南靖吕氏宗亲代表的欢迎。根据台湾媒体的报道，吕氏宗亲团的团员走下飞机时，心里还有些忐忑不安，但是扑面而来的亲情随即驱除了他们心中的阴影。

毕竟同胞亲情是可以超越一切的。

台湾宗亲团到厦门南普陀寺进香之后，一路风尘仆仆前往漳州，入住漳州大酒店。当晚，漳州市有关领导在酒店二楼多功能厅宴请了吕传胜等十位吕氏宗亲代表。招待的规格使吕氏宗亲有些意外。漳州一夜，"近乡情更怯"，可大家的心早已飞向近一百公里之外的那个魂牵梦绕的老家，龙潭楼、芳园祠，这几个亲切的名字和它的景观不时闪现在大家的梦里……

一部古老的土楼往往凝聚着一个宗族的历史。

在南靖书洋为数众多的土楼里，吕厝的龙潭楼只是一座规模中等的方形土楼，没有巍峨的气势，它看起来更像一个饱经沧桑的老人，顽强地挺立在流淌的岁月里。

龙潭楼的历史大约要追溯到五百年前，那时吕厝还是一片荒野，吕氏到此垦荒定居。在这块肥沃的土地上辛勤劳作，吕氏人丁兴旺，也逐渐积蓄了不小的财力，从康熙癸卯年间开始在田地中央夯土建造龙潭楼。

就地取材，粘土掺上竹片、红糖、糯米等，用墙槌版、夯杵、圆木横担这些古旧的工具，用一种对未来生活的期望，吕氏先人为自己打造出一方居所，也为后人留下一个慎终追远、敬宗睦族的精神家园。

这座四层十六米高的方形土楼，因建于龙年，又因楼前有一口潭而得名龙潭，楼门两边的石条上，镌刻着一对楼联：龙跃浪高春气暖，潭深源远水流长。朴实的字句表达着一种朴素的思想：天人合一，安居乐业。就在这座土楼里，吕氏先人日出而作，日落而息，生活就像楼里大井的井水一样清洌，又像楼前的潭水一样平静。

清康熙五十三年（公元1714年）6月8日，天刚蒙蒙亮，一声新生婴儿的长哭打破了龙潭楼的宁静。这就是吕氏第十代孙吕惟良的第六个儿子吕廷玉，他自小聪颖，有远大的抱负。在吕廷玉三十六岁那年，他和妻子余慈成离开龙潭楼前往台湾。在吕氏族人代代相传的叙述里，那是细雨霏霏的一天，吕廷玉和余慈成头戴斗笠，身穿蓑衣，含泪走出龙潭楼，走到山路上忍不住回头张望，最后还是狠下心来，大步向山外的世界走去。

吕廷玉夫妻历尽千辛万苦，来到台湾北部的桃园县一个叫埔子的地方，在这里披荆斩棘，披星戴月，终于围垦出第一片土地。临终前，吕廷玉把儿孙都召集到床头，用最后的力气告诉他们，你们的祖公在福建南靖书洋吕厝的龙潭楼，祖永远是祖，怎么也不能忘祖啊。

一晃两百多年过去了，远离祖地的吕廷玉子孙后裔已有六七千人，一代老人在浓郁的乡愁里辞世，一代新人又续上了那绵绵不尽的乡思。

乡思是人一种无法治愈的病。

1988年夏天，吕廷玉第六代孙吕传胜，以台北市执业律师身份来大陆参加法学会。可是由于时间关系，他来到了南靖，却未能回到四十多公里远的吕厝龙潭楼，不过他已经嗅到了祖籍地的气息，面目模糊的祖家第一次变得那样清晰，虽有遗憾，但吕传胜还是带着一种欣慰回到台湾。在台的吕氏宗亲听说吕传胜从大陆祖籍地回来，一个个兴奋不已，商议着早日踏上回乡的路途。这时，吕廷玉的第八代孙吕锡松要到大陆办事，行前，吕传胜特别向他讲述了回乡的路线。

就这样，吕锡松带着在台吕氏宗亲的嘱托，来到大陆后立即包车直抵龙潭楼。他是两百多年来第一个回到吕厝祖地的台湾吕氏宗亲。此次祖地之行，吕锡松满载而归，不仅带回了族谱，带回了祖地的许多相片，更带回了祖地宗亲的思念深情。在台的吕氏宗亲再也无法按捺回乡谒祖省亲的激情，清明节刚过几天，就匆匆踏上回乡的路。

二百多年前，他们的祖先吕廷玉跋山涉水，横渡海峡来到台湾，现在他们要从台湾飞越海峡，回到祖先那走出来的地方。

这就是中国人，没什么可以割断对血脉摇篮的回归。

龙潭楼的吕氏乡亲都记住了那个日子：1989年4月11日。

"过去认为不可能的事，今天实现了。"吕传胜对吕厝的宗亲说，

"我们感到好像是在做梦一样。"

梦里无数次出现的祖籍地，此时就在眼前，所有人的眼睛都湿润了。

在吕厝祖祠芳园祠拜谒祖宗时，两岸的吕氏宗亲惊奇地发现，芳园祠和台湾桃园的吕祖圣殿竟然同年同月同日同时（1988年农历10月12日）落成。

这仅仅是意外的巧合吗？

血脉相同，天意显灵；人心相通，犹有神助。

时隔一年，即1990年8月29日，吕传胜的胞妹吕秀莲也回到了龙潭楼寻根谒祖，像所有回家的人一样，从龙潭楼的水井里打上一桶水，用几十年对乡土的饥渴，喝了一口水。1991年、1993年，吕传胜相继两次率团回到吕厝，同样要到龙潭楼里来喝一口井水。

在中国人情感的最深处，这叫做饮水思源。

回家的人是幸福的。

第四次回到吕厝的吕传胜还是像第一次那样激动，小山村里站满了欢迎的乡亲，那些过世的祖先好像站在更高的地方，所有人的眼光都打到脸上来。

我回来了，我又回来了……

炮竹的烟雾在飘动，亲情在激荡。

走进龙潭楼里，吕传胜在那口水井边一下一下放下桶绳，打上一桶清澈的井水。水面轻轻晃荡着，晶莹剔透，所有人的眼光却是坚定地看着它。

几百年来，祖先就是喝着这口井水长大的，现在后人又喝着这口井水，多少代人喝着同一口井水。吕传胜动情地对宗亲们说："今天再次喝到家乡的井水，使我想起孩提时代的往事，想起祖先。饮水思源，人是不能忘本的啊。"

这些虔诚的宗亲排着队，每人都喝了一口这老家的井水。

这清甜的井水解了多少年的渴。

从龙潭楼到芳园祠，有几百米远，相隔一条浅浅的小溪。台湾吕氏宗亲团步行来到溪边，挽起裤管趟过溪流。

作为主祭者，吕传胜脱下了西服，穿上长袍马褂，带着海峡两岸的吕氏宗亲向列祖列宗行三跪九叩大礼，宣读了祭文，悬挂了纪念匾。

第四辑／像落花生一样

庄严肃穆的祭祀仪式后，吕传胜抑制不住激动的心情，用深情的语调说："今天，我们台湾吕氏宗亲再次回到家乡，受到各位父老乡亲的热烈欢迎，我们两岸吕氏同血脉、同根生，永远都是一家人，亲情是永远存在的。我小的时候，听父亲说起龙潭楼，才知道260多年前，廷玉公翻山越岭过海峡，是何等的艰辛与悲壮。廷玉公过台湾后生了三个儿子，至今已在台湾繁衍吕氏子孙六七千人，在士农工商各界都有出色的表现。没有祖先，就没有我们。我真诚地希望海峡两岸所有的吕氏子孙共同发展，共同进步！"

吕传胜的女儿吕丹琪作为宗亲团的少壮派，也讲了话。这位继承父业的吕氏姑娘，前年以全台湾律师考试第二名取得律师执照，她说："八年前，我就随爸爸回来过一次了，家乡的变化令我非常欣喜，从漳州到我们吕厝，一路平坦，再也不见以前的尘土飞扬了，但是变化的是家乡面貌，不变的是宗亲亲情，我相信，我们的亲情永远不能，也不会被拆散！"

接着，吕氏宗亲来到吕廷玉的父亲祖墓上香祭拜。吕传胜弯下身来，在祖坟前抓了一大把泥土。随行采访的记者纷纷把镜头对准了这一感人的场面。吕传胜说："我要把这包土带回桃园的吕祖圣殿安放。"

土是人安身立命之所在，吕厝的土和桃园的土本来就共属一块领土。现在吕传胜要把故乡的土带到台湾，他的神情是那样庄重，他感觉到手里的土沉甸甸的，它似乎是一个宗族的重量，一个国家的重量。

镜头闪光灯在闪动，所有人的眼光也在闪动……

在祖坟前的吕氏子孙从未如此强烈地感受到，其实，我就来自这里，祖先躺在这里，我们正是从这里长出的根系，它向远方伸展，但是它的根永远在这里！

尾声一，台湾《联合报》2001年4月5日报道，3月22日，吕传胜率45名吕姓宗亲赴福建漳州市南靖县祭祖，4月2日晚上返台……行前，吕传胜告诉过吕秀莲，返台后也和吕秀莲通过电话，吕秀莲说："祭祖很好啊！"

尾声二，台湾宗亲走了，但是吕厝龙潭楼的墙上还留着欢迎的标语，吕厝人知道，他们随时都会再回来的，因为这里也是他们的家。

千年圣火

1.站岭怀古

这是一条在田野山脉之中蜿蜒不尽的千年古道，伴随山涧淙淙的溪流，向着深山丛林绵延而去。

这是一条用石头砌成的山径小道，最宽处不过一米，有些路段已经损毁，裸露出刺眼的黄土，许多路段被茂密的草木挤得非常狭窄。山风吹来，两旁的灌木野草哗哗哗地晃动起伏，树叶藤蔓不时刮到我们身上来。脚下的石头大小不一，随着峰回路转，无规则地铺砌成平缓的路面，年久日深，石头呈现着一种幽静的光亮，这像是无言的陈述，多少年来，多少脚步从上面踏过？

这是一条曾经喧闹和辉煌的客家之路。岁月悠悠，时光如流，一十年之后，我们一行四人的脚步踏破了这条古道的沉寂。霍霍生风的行走惊起婉转的鸟鸣虫叫，这啁啁啾啾肯定和一千年前的声响相仿佛，那奔流的山溪更是年复一年地唱着同一支歌。穿过一个个葳蕤的小树林子，拐过一道道和缓的弯谷，爬过一座座低矮的坡岭，我知道，我们的脚印和一千年前

第四辑／像落花生一样

的客家先民的足迹叠加在一起了。

永嘉之乱、唐末兵燹、宋室倾覆，客家先民几度举族南迁，辗转吴楚，流徙皖赣。也许，他们来到石壁只是长期流亡生活的一个偶然，也许，这一切都是命运安排的定数。

不管怎么说，这个叫做站岭的隘口便是客家先民进入石壁的最主要的通道之一。假如时光可以倒流，在这山道上行走的就不会只有我们四个人，而是一群又一群扶老携幼、肩挑手扛的南迁"流人"。恍然之间，我们的脚步声消失了，响起的是一千年前那杂沓而沉重的步履……从烽火连天的中原夺命逃奔，后生搀着老人，大人牵着孩子，当家的汉子挑着锅碗瓢盆，背上背着祖先的骨殖，一路向南，向南——一站站远离故里，一程程回首中原，在他们的脚下，寒暑交替，千年的时光匆匆流逝。

这就是客家人，从遥远的历史册页里向我们走来，一路风尘仆仆，历尽千辛万苦，走出了古老汉族的一支新民系，铸就了一个人群的坚韧品格。其实，当人类从地上第一次直立起身，蹀躞着走向前方，人类的文明就开始了，中国人五千年的文明也是从旷古的蛮荒一步步走来的，客家人行走的形象在华夏大地上阐释了一个新民系的恢宏气概和硬颈精神。

我们终于走到了站岭隘口，迎面就是一座残破的古亭。其实这是两座一体相连的石亭子，就像是连体兄弟一样。这里也是福建（宁化）和江西（石城）的界岭，福建这头的亭子叫做"片云亭"，江西那头叫做"介福亭"。

片云亭的梁柱已荡然无存，左边的一堵墙也坍塌了，长出了一人多高的茅草，地上杂草丛生，可以看出，很长时间没有人来过了，显得如此荒凉和破败。右边的墙壁上嵌了一块碑记，字迹漫漶不清。陪同我们的宁化文化人老罗一声叹息说，前年他来片云亭时，屋顶上还有一根大梁的，没想到现在都掉到地上朽烂了。这不能不让人感叹风雨霜雪的破坏力，连坚硬的花岗石也刻下了斑驳的痕迹。

介福亭保存得稍好一些，墙上一块碑刻还能辨认出大意，"此石（城）宁（化）孔道也……康熙六年捐资创新亭也……施茶历有年矣……"三根屋梁上还写着粗大有力的毛笔字，纪录着三次维修的年代：咸丰6年、光绪31年、民国30年。

站在这年久失修的古亭里，四周吹来的山风吹得那些包围亭子的茅草哗哗直响，让人恍然置身于车辚辚、马啸啸的久远年代，仿佛看见客家先民在这崇山峻岭之中的艰难跋涉。

夕阳西下，暮霭浮动。古亭、古道，还有山下的古镇、古桥、古祠……所有的一切，全都掩映在一片苍凉之中。

残阳如血，青山似海。

前不见古人，后不见来者。只有越来越浓的山岚向我们扑来，铺天盖地似的。一个古老的命题，再次从我心头上升起，我面对着这莽莽苍苍的大山追问：

客家人——你是谁？你从哪里来？你要到哪里去？

那些客家先民的身影隐约闪现在苍山古道之间，远处传来一声悠长的鸟啼……

2.石壁的前生今世

石壁，古称玉屏，这个被数以百计的客家谱牒所记载的地名，这个被数千万客家人所默诵的名字，在中国地图上却是难于查寻，因为现今的石壁只不过是宁化县辖下的一个小镇。

然而，在历史上，还没有宁化县的时候就已经有了石壁。那时的宁化叫做黄连峒，名不见经传，而石壁"层山叠嶂，附卫千里"，民谚说"石壁三十六窝，七十二棚"，又说"禾口府，陂下县，石壁是金銮殿"，这一方面描述了石壁地域辽阔，另一方面强调了石壁的中心地位。那时的黄连峒人，对外都说自己是石壁人。历史上的石壁应该包括现在宁化县的西部地区，甚至可以指称现在的宁化全境。

因为，石壁早已不仅仅是个地理的概念，而更是一个文化的意象，其

第四辑 / 像落花生一样

所蕴含的文化内涵令人心驰神往，魂牵梦绕。

在上个世纪九十年代末，我第一次来到石壁，汽车行驶在宽阔的公路上，让我有些意外的是，公路两边是坦荡如砥的田野，一垄垄的地里长出了翠绿的烟叶，纵横成行，迎风摇曳。在闽西北山区，很难见到这么开阔和广袤的原野，还有众多的溪流交织成网，既便于灌溉又利于航运。陪同我的大学同学张仁明正是石壁的客家子弟，他不无得意地说，假如石壁不是一片平坦的沃土，当年我的祖先可能就不会在这里定居了。

遥想当年，从江西石城爬上站岭隘口的南迁"流人"，一眼望见山脚下一马平川，百里林涛，万顷荒原，那会是何等的欣喜若狂。

多少年的惊惧逃奔，多少年的茫然南下，这些客家先民们早已疲惫不堪，在他们的内心里，对稳定生活的渴望，犹如鱼儿对水的渴望一样。现在，这么一块平畴的土地出现在面前，北面有巍峨的武夷山脉，天然屏障一样地阻挡着中原的烽火与战祸，而且境内河流纵横，西溪是闽江源头之一，淮土溪是贡水的源头，贡水流到赣州和章江汇成赣江，直流入长江，汀江也发源于此，流经长汀，进入粤东后和梅坛河汇成韩江。莫非这是上苍的恩赐？抑或祖先的庇护？这群衣衫褴褛的人齐刷刷跪在了地上，热泪长流。现在，终于有了一块安宁的土地让他们休养生息，他们不想再走了，他们真的累了。于是，石壁的空中升起了客家先民的袅袅炊烟，他们搭起茅草屋，盖起窝棚，中原带来的犁铧翻起了肥沃的黑土，地里长出了绿油油的禾苗……

这块拥有天然屏障的宝地终于有了新主人，他们是以客人身份闯进这块土地的，后来逐渐被称作客家人。

3.早期客家先民的乐土

翻开厚厚的历史册页，我们发现早在客家人到来之前，这块土地上生活着百越人，他们是南蛮族的传人。《史记·越王勾践世家》载："越王勾践，其先禹之苗裔，而夏后帝少康之庶子也。封于会稽，以奉守禹之祀，文身断发，披草莱而邑焉。"这个有着华夏族禹的血统的南蛮强人，卧薪尝胆，终于在公元前473年一举灭吴，从此南蛮统称为越。然而一百多年后，越被楚灭亡，越人纷纷逃往闽粤，星散四处，故称百越。活跃在黄连峒的便是其中的一支或数支百越人。这些土著居民在一些史书上泛称做"蛮獠"。

其实在更早的时候，比如一二十万年前，这块土地上便有了古人类的活动。1982年，中国科学院古人类古脊椎动物研究所的专家三次在湖村镇的老虎岩考察和挖掘，挖出了大熊猫、剑齿虎、犀牛等9目18种第四纪脊椎动物化石，证明了这一说法。在老虎岩的洞口，还发现了野牛、水鹿等动物骨骼，上面还留有人类砍刻的痕迹，所以专家推论，在一万多年前，宁化已经有了人类繁衍生息。

这块地旷人稀的土地在汉武帝时期，由于百越人被强行迁徙，而显得更加空旷。《汉书·南越王传》载："诏军吏皆将其民徙处江淮之间，东越地遂虚。"一个"虚"字可见当时的景象。这时，已经开始有中原汉人迁入石壁。根据族谱记载，已有管、钟、邓、许、巫、陈、丘、罗等姓汉人在石壁生活，但是人数还是非常有限的，生产力水平也很低。

八王之乱后的西晋王朝处在风雨飘摇之中，永嘉四年（310年），怀帝被匈奴军队捕获杀害，洛阳城破，更有三万多士兵民众死于异族的屠刀之下，史称"永嘉之乱"。紧随其后，长达136年的"五胡乱华"开场了，中原大地从此陷入惨烈的人间地狱，胡骑过处，一片刀光血影，一座座城池化为废墟……这时，中原汉人面临的是这样一个生死抉择：逃，或者死。

不论是衣冠士族，还是贫民贩夫，都做出了一个相同的选择：逃，向南方逃命。历史上一场空前绝后的大逃亡拉开了序幕，这便是客家人的第一次大迁徙。

这些历经九死一生的客家先民来到了江淮流域的广大区域，跑得快的进入了江西鄱阳湖流域和赣江流域，总算远离了中原的战乱，许多家族几经辗转，多方流徙，意外地进入了闽地，在深山密林中惊喜地发现了石壁这块世外桃源。

翻开那些发黄的客家族谱，薄脆的纸页还清晰地记载着一千多年前的信息。

梅县《邓氏族谱东汉源流序》："永嘉末年，后越石勒作乱，伊时有号伯通，叔筱公，友爱感天，全一家命脉，救一方生命，即宁化石壁乡是矣。"

蕉岭《钟氏族谱》："晋代，二十八世钟先之曾孙钟贤，避难南迁江苏金陵，因岁荒转徙江西虔州再迁兴国。钟贤之子钟朝自兴国移居宁化石壁。"

梅县《丘氏族谱传序》："河南丘氏，先世自东晋五胡之扰南迁，入闽南而徙之宁化石壁。"

石壁这块丰腴的土地迎来了早期的客家先民，他们披星戴月辛苦劳作，开荒播种，进山伐木，筑坝修渠。只要肯洒下汗水，地里就能长出庄稼。这时土著居民主要是畲族，这是个民风纯朴的族群，虽然彼此之间偶有磨擦，却大体上能够相安无事。在漫长的岁月里，远离中原故土的创伤慢慢抚平了，然而故土难忘，"方言足证中原韵，礼俗犹留三代前"（清黄遵宪《己亥杂诗》）。不管怎么样，生活都要继续。客家先民在石壁建起了新的家园，劳作生产，繁衍子孙，开始安居乐业。

4.英雄出现的年代

一方水土养一方人。当这方水土开发到一定阶段，这方人开化到一定程度，他们中间就必然要出现一个英雄。

隋朝末年，天下大乱，注定中的英雄在石壁（黄连峒）横空出世了。

这个英雄叫做巫罗俊。

历史的尘烟弥漫了英雄的身影。现在，我们只能从史册的片言只语和客家先民的传说中，追寻英雄的业迹。"其时土寇蜂起，黄连人巫罗俊者，年少负殊勇，就峒筑堡卫众，寇不敢犯，远近争附之。"大明遗民李世熊在清朝康熙年间编撰的《宁化县志》里，为我们描绘了一个少年胆识超人的形象。

巫氏族谱记载，巫罗俊先祖是在西晋末年从山西平阳府迁徙山东兖州的，后来辗转迁入福建南平，隋朝大业年间，巫罗俊随父"再迁闽之黄连峒，斩荆棘，开疆土"。巫罗俊率众构筑的城堡，早已湮没在岁月的深处，无迹可寻，然而在那时候，它却是石壁民众的太平乐土。

在劳动中，巫罗俊的才干得到了锻炼和发挥。他组织了一大批民众垦殖开发，走进深山老林采伐树木。一棵棵大树砍倒在地了，建房造桥也用不了这么多，那就运到外地卖掉吧。境内溪流纵横，是闽江、赣江和汀江的三江源头之一，砍伐下来的木材很方便就能送入河中，顺流而下，直抵长江中下游的发达地区。史书载，"泛筏于吴，居奇获赢"。巫罗俊的组织才能和经营意识取得了丰厚的回报，石壁到吴地的航运，使一个偏僻的蕞尔之地和繁华的吴地建立了一种密切的联系，商业、文化方面都受到了一定的影响，这对石壁的发展无疑起到很大的促进作用。

石壁土壤膏腴、稻田阡陌、沟渠纵横、林木成行。"栽禾笔笔直，明年有米食，栽禾栽得翘，明年有米粜。"安定与富足，使石壁在周边许多区域小有名气，陆续又有一些中原南迁汉人和畲族人迁入。越来越多的民众拥戴巫罗俊，他销售木材的获利也越来越大，于是，他组织更多的人更大规模地开荒垦殖，史书称当时石壁"地旷齿繁"，已是一片兴盛的景象。

唐贞观三年（629年），四海升平，八方宁靖。巫罗俊看到石壁（黄连峒）的兴盛，心里一方面是高兴，另一方面却是忧虑，因为"版籍疏脱"，这里变成了被唐王朝遗忘的角落，要是想发展得更快一些，没有正式的建置怎么行？这时，他做出一个大胆的决定，不辞辛苦，千里迢迢赶往长安，上书唐太宗，请求中央政府"授田定税"，在石壁行使行政权力。唐太宗自然很高兴，"因授巫罗俊一职，令归剪荒以自效"。不过那时办事效率也太低了，直到唐乾封二年（667年）才正式批准建镇，是为"黄连镇"，石壁终于名正言顺地纳入了唐王朝的版图。巫罗俊不仅仅是民间领袖，更是朝廷命官，在他的领导下，黄连镇进一步地开拓和发展，其境域东至桐头岭，西至站岭，南至杉木堆，北至乌泥坑，包括今天的宁化全境和清流、明溪两县的一部分。

巫罗俊辞世后，人们对这位客家先民的优秀代表崇敬有加，专门为他建造了祭祀的土地庙。1992年8月，世界各地的巫氏后裔更是捐献巨资，修建了规模庞大、蔚为壮观的"巫罗俊怀念堂"。这座飞檐斗拱、雕龙画凤的仿古式殿堂，寄托着人们对客家祖地的开拓者和奠基人的深切缅怀。

黄连镇另一个英雄人物罗令纪，他的曾祖父罗万发是巫罗俊的得力助手，在他成年之后，以足智多谋和宅心仁厚赢得民众的拥戴，成为黄连镇最有影响力的地方领袖。史书对他的记载少之又少，但他奏请黄连镇升格为县，居功至伟，却是至今宁化县36万民众感念不已的。

这是在唐开元十三年（725年），黄连镇正式建制黄连县，隶属建州。据说建县第二年，朝廷委派官员到黄连县巡视，发现这里物阜民丰，到处安乐升平，唐玄宗听到汇报后，龙颜大悦，下旨黄连县三年赋税不必上缴国库，留作县用。

唐开元二十六年（738年），设汀州，黄连县划归汀州。天宝元年（742年），黄连县更名宁化县，意为宁靖归化。

没有资料显示，罗令纪在黄连县（宁化县）建制之后担任过任何正式的官职。但是这位建县功臣，他的影响力在民间却是不言而喻的。唐大历十二年（777年），罗令纪逝世，宁化人为他建了一座土地庙，供奉着他的塑像。崇敬一个人，就拜他为土地神，这在别处尚不多见，想来也是一件颇可玩味的事情。土地是所有人安身立命之处，人们不求鬼神，而请先辈英灵来保佑，表现出何等的信赖和敬重。

罗令纪和夫人的合葬墓现在湖村镇店上村的一座山头上，石砌的墓坪不大，整洁敞亮。数天来陪同我们采访的宁化文化人老罗，算来肯定也是罗令纪的后裔了，他好几次兴冲冲地告诉我们说：罗令纪墓地所在的山是狮形的，它对面的山叫牛岗，店上村每年都在牛岗上搞牛会，那么多的牛都放在牛岗上，全都成了这边狮子的牺牲，你说这狮子一年到头有供品，风水能不好吗？

5.进入石壁：客家的形成

唐朝末年，天下动荡。盐贩出身的黄巢应试落榜后，写下了一首诗《不第后赋菊》："待到秋来九月八，我花开后百花杀。冲天香阵透长安，满城尽带黄金甲。"语气里杀气腾腾，表达了一种桀骜不驯的气概。唐乾符三年（875年），黄巢募众响应王仙芝起义，后来成为起义军最高统帅，号冲天大将军，把大唐江山搅得七零八落支离破碎。乾符五年，义军渡江南下，由浙江进入福建，攻克福州，之后沿海岸南进，于次年九月攻占岭南重镇广州，同年冬，大军北伐，直捣洛阳。历史学家周谷城在《中国通史》里说，"十年之内，中国的疆土，大部都经其攻战过。"客家学大师罗香林在《客家源流考》中写道："总计黄巢自发难至称帝，中间曾经其荼毒的，以今日省份计，前后殆达十数省……惟江西东南部、福建西南部及广东东部东北部，侥幸未受巢害，比较堪称乐土。"

战火纷飞，生灵涂炭。中原百姓再次踏上了漂泊逃亡之旅，原来迁居长江流域和赣江流域的南迁汉人也不得安生，只能携家带口，背井离乡，忍痛告别生息了几代人的家园，继续往南方逃生。这也就是客家人的第二次大迁徙。

兵荒马乱，到处是杀戮和混战，哪里才是可以苟全性命的避风港？何处才是可以休养生息的桃花源？

这些仓皇南下的汉人翻山越岭，餐风宿雨，一路向南走。也许是苍天可怜那些无助的人，他们偶然穿过站岭隘口，来到了石壁，惊喜地发现这里原来就是梦想中的避祸乐土。还有些南迁的家族，却是早就听说了石壁的声名，或者已有亲友在石壁开基生息，便千里迢迢直奔石壁而来。

石壁，像一只母亲的手，擦去了无数难民脸上的泪珠。石壁，这块拥有天然屏障的土地，像避风港一样接纳了许多漂泊的小船。据不完全统计，这次绵延百年的迁徙，迁入石壁避难定居的人有54姓以上。各个姓氏的族谱记录了这一非同寻常的历史事件。

《刘氏族谱》："一百二十世祖于唐僖宗乾符间，因黄巢起义，为避战乱携子孙避居福建长汀宁化石壁村择地立业。"

《官氏族谱》："官膺，本姓关，（山西）解梁人。黄巢起义后，与祖母避宁化石壁，改姓官。"

《唐氏族谱》："西晋永嘉之乱迁于江西，至唐末迁居福建宁化。"

《杨氏族谱》："胜二郎仕唐，居延平，因黄巢之乱举家卜隐宁化石壁杨家排。"

《温氏族谱》："唐僖宗时（874年），同保为避乱自石城移居宁化石壁。"

《罗氏族谱》："唐末有铁史公之子景新，因避黄巢之乱，与父母分散于虔州，乃迁闽省汀州宁化县石壁洞葛藤村紫源里家焉。"

《崇正同人系谱》："唐之末年，有宗室李孟，因避黄巢之乱，由长安迁于汴梁，继迁福建宁化石壁乡。"

这些粗略简要的文字后面，却是一个个惊心动魄的家族逃亡故事。修于明洪武十年（1378年）的石壁《张氏族谱》则较为详细地记载了张氏迁居石壁的经过：唐末姑苏张家巷有个张惟立，生有三子，老大张龙进士出身，官至工部侍郎，老二张虎，老三张麟。唐朝灭亡后，张氏父子惶惶不可终日，他们打听到张龙有个同科进士在汀州当官，张父便叫次子张虎前往探路。张虎从苏州到九江，走陆路到了石城，翻过站岭来到石壁，"爱其山川翕郁，返而举家徙是"。春秋更替，改朝换代，一百多年后，张虎的弟弟张麟的五世孙张瑞祯，宋嘉定年间考中了进士，也当了不小的官，却因抗金不力被降职，调任江西乐安县令。当忽必烈强渡长江时，宋朝民众纷纷南逃，张瑞祯想起其先祖张虎一百多年前开基石壁，便携家带口，一路直往石壁逃命而来。据说跟随张瑞祯逃往石壁的有一千户人家，他们到了石壁之后，住在一块较高的山岗上，中间一块平地，四周围都是峭壁，这个地方便叫作"千家围"。

在宁化采访的那些日子，我和摄影师老曲、小罗，游走各个村落，随时都能看到各个姓氏的祠堂和家庙，这就是客家人祭祀祖先的地方，人口较少的一姓一祠，人口多的一姓数祠，如现在的石壁镇就有10座张氏宗祠，曹坊乡的黄坊村则有4座黄氏宗祠，有的公祠饱经风雨，显得破旧了，有的则是修葺一新。对祖先的顶礼膜拜是客家人的传统，似乎没有一个民系比客家人更喜欢祭拜祖先了，而那些发黄的族谱大多秘藏在祖先牌位下面的箱柜里。我想，这是因为客家人有着感恩之心，感念他们的先祖从战乱连连的中原南迁而下，九死一生，大难不死，方才有了他们这些子孙后代。

客家人的第三次大迁徙是由于靖康之难和辽金南侵引发的。公元1127年，金兵攻陷宋都汴梁，掳走徽、钦二帝，宋王室落荒而逃，逃到杭州建立了史称南宋的政权。在这动荡不安的时代，人们如果不愿意等死，唯一能够选择的就是，逃。于是，由北向南的官道上挤满了颠沛流离的难民，一批又一批的人涌进了赣粤闽三省交界地带，许多人幸运地走进了石壁。

一家又一家，一姓又一姓，一年复一年，一代复一代，八千里路云和月，随着南迁汉人的陆续到来和繁衍生息，迁入石壁的约有63姓以上，石壁人口迅猛增长，北宋元丰年间仅有15000人，二百五十多年后的南宋宝祐年间，却涨到了11万多人。

此时，在这块以石壁为代表的南迁汉人聚集地——"赣粤闽边地大本营"，人们操着相似的口音，用相同的方式耕种，又流行着相近的习俗，这群有着共同的文化背景和命运遭遇的人，便逐渐形成了一个新的客家民系。

一个民系的形成必定是漫长的，而且要经过长期的磨砺和积累，然后逐步孕育、生长和成熟。尽管目前学术界对客家民系形成于何时，尚有不同的观点，但"两宋说"还是得到了较多的史料支持，被广大专家学者所接受。在我看来，学术争论是有必要的，不过，现实中的文化认同感更重要。在宁化采访的那些天，适逢台湾客家文化之旅参访团来到石壁祭祖，气氛庄重热烈，一个白发苍苍的老者在仪式上发言，声若洪钟地说："我们都是客家人，我们都是中国人。"是的，在客家公祠的玉屏堂里，摆放着一百多个姓氏的祖先牌位，这些从中原流徙而来的人，虽然后来被唤作了客家人，却同时也是汉族人、中国人。

6.走出石壁：客家的壮大

星星还是那个星星，石壁还是那个石壁。但是往日人烟稀少的石壁，到了南宋时期却是人满为患。

这是一片宽容的充满母性的土地，向流离失所的难民们敞开了母亲般的胸怀。失去家园的中原百姓在这里重建了家园，他们和本地土著畲族人在不断的磨合和交融中，相互学习和提升，同时也顽强地保留着自己的族群意识。一千多年来，反复不断的迁徙和苦难深重的命运，给这个新的民系打上了太深的烙印了。这就是客家人的坚韧和执拗。

也许这里有必要补叙几句。尽管，"客家"（"客家人"）这个名称正式出现在历史文献上，不过300年左右，即在清朝初期，但客家民系此前业已形成（在不同时期不同区域，分别有"流人""流民""侨人"等不同叫法），却是不争的事实。其实也正是因为在宋末和明清之际，客家民系大量地从居住地向五湖四海迁移，引起其他民系的关注和震惊，方才得到"客家"这一称谓。"年深异境犹吾境，身入他乡即故乡。"从他称到自称，一个族群的文化认同感由此得到了强化。清朝著名的客家诗人黄遵宪有诗云："中原有旧族，迁徙名客人，过江入八闽，辗转来海滨。"

还是回到石壁吧。许多次漫步在客家公祠后面长长的"客家之路"，两边竖立着许多姓氏的石碑，每次都看到许多人在寻找自己的姓氏，一旦找到了，便高兴地驻足察看或拍照留念。从哪里来，到哪里去，每个人心里都顽固地萦绕着这一人生的基本命题。

远离战火，物产丰饶，使得石壁成为客家人最重要的大本营之一，但是新的困扰出现了，过于密集的人口让石壁不堪重负，就像一个母亲纵然奶水丰富，面对众多嗷嗷待哺的孩子，也一样显得无可奈何。

这时候，只有一个选择：走！向外面走！客家人本来就是从遥远的中原一路走来的，现在，歇了一程了，应该继续向远方走去了。走，不停地走，这似乎就是客家人的宿命，为了生存，必须走，只有走，才能生存。

于是，整个家族一起走了，多个兄弟中的一个或几个走了，他们收拾行装，告别这块生活了好几代人的土地，告别亲朋好友，然后向着陌生的远方走去。他们走向闽南，走向粤南粤西，走向广西、云南、四川，走向湖南、贵州、陕西，有的返迁上代流居地赣南，有的重返遥远的中原河南，有的渡海往台湾、香港，有的"过番"到南洋……

许多黄氏家庭有了自己的习惯，子女长大成人了，只留长子在身边，其他的就迁往外地谋生。被尊为客家李氏一世祖的李火德，父亲李珠，生有五子，分别以金、木、水、火、土命名，李火德在石壁出生长大，在宋宝庆二年（1226年）由石壁迁居上杭，除了老大李金德留在父亲身边，其他兄弟李木德、李水德、李土德也分别迁往杭州、邵武和清流。

其实，在此前漫长的岁月里，定居石壁的客家人也有流动的，不时向周围地区迁移。他们的身上流淌着不安分的血，迁移对他们来说，变成了家常便饭似的，只要哪里更适宜生存，他们就往哪里移动，这里不行就再换一个地方。不过，这些迁移都是自发的，规模很小，人数也不够多，许多还是即兴式的迁徙，说走就走，在历史上只留下淡淡的印迹。

宋末和明清之际的迁徙则完全不同，史称客家人的第四次大迁徙。客家人从石壁，从所有客家大本营，向着全中国，向着全世界播衍。这是客家史上的大事件，让我们想象一下，一群又一群的客家人走在山路上，跋山涉水，向着远方不停地走去，那是多么悲壮的场面。

清末民初，客家人又有一次大迁徙（即第五次大迁徙），起因虽有不同，但同样是从赣粤闽的客家大本营向四面八方迁移，还有大量的人是从客家迁入地再向陌生的外界继续迁徙。

红色文人郭沫若在《少年时代》中写道："我的祖先是福建移来的，原籍是福建汀州府宁化县。"英籍华裔作家韩素音在《伤残的树》中写

第四辑 像落花生一样

道："我的祖先姓周，来自广东省梅县，移居四川大概是在1682年到1701年。"资料显示，郭沫若的祖先是在清朝乾隆四十六年（1781年）由宁化迁往四川乐山的，而韩素音的祖先先由宁化迁往梅县，再迁往天府之国。

正是因为客家人绵延不尽的迁徙，使得全世界有太阳的地方，就有客家人。

据不完全统计，从石壁迁出的姓氏，在北宋有9姓，南宋有32姓，元朝有9姓，明朝有14姓，清朝则有数十姓，至于走出石壁的人数有多少，历史已经无法提供一个确切的数字，但是石壁的人口从南宋最高的11万之众到明清之际骤然降至3万人，便可以让人由此想象一下，那支陆续走出石壁的人群有多么庞大。

从某种意义上说，客家人正是因为走出了小石壁，才得以拥抱大世界。

毕竟石壁太小了，只有走出石壁，这个永远在路上的民系才能够发展壮大，就像一棵树，如果把它栽在花盆里，它注定只能是一株盆景，只有让它长在大地上，根系伸向四面八方，它才会长成一棵参天大树。

7.绿叶对根的情意

如果把石壁比作一棵大树，那么，遍布全国二十个省（包括台湾港澳地区）近三百个县市的六千万客家人，分布在全世界五大洲八十多个国家的一千万客家人，就差不多全是这棵树上的叶子了。

根据最新的统计材料，在客家民系孕育、生长的一千多年的时间里，曾经在石壁开基定居、短暂滞留、经过中转的姓氏达203个，而从这里向全国全世界迁移的姓氏则有152个。

每个姓氏后面，有多少人在中国大地上流动、在世界各地之间漂泊？

如果每个姓氏都是一支涓涓细流，这么多姓氏就汇成了一片浩瀚的大海。

这就是客家人，从小小的石壁走出，播衍全球。

走出石壁，客家人的第一站就是相邻的长汀、上杭和武平。因为距离不远，往来方便，很多人就在这里先落脚了，看看能否发家兴旺，如果不行，那再往外面走也不迟。根据这三地的志书和族谱来看，从石壁迁往该地的姓氏都有数十个之多，且多为人口众多的大姓，如李、张、黄、吴、陈、谢、赵、石、罗等等。

广东梅州地区是客家人走出石壁之后最主要的目的地之一。英国传教士艮贝尔1912年发表了《客家源流与迁移》，文中写道："岭东之客家，十有八九皆称其祖先系来自福建汀州府宁化县石壁村者。按诸事实，每一姓的第一祖先离开宁化而至广东时，族谱上必登著他的名字，这种大迁徙运动自始至终皆在十四世纪。"客家学大师罗香林也在上世纪三十年代的著作《宁化石壁村考》中说道："广东各姓谱乘，多载其上世避黄巢之乱，曾寄居宁化石壁村葛藤坑，因而转徙各地。此与客家源流问题，关系颇巨。"晚清黄遵楷在《先兄公度事实述略》中说："嘉应一属，所自来者，皆出于汀州宁化石壁，征诸各姓，如出一辙。"清光绪年间，温仲元也在《嘉应州志》中写道："梅州人民抗元的壮烈，闽之邻粤者，相牵迁移来梅，大约以宁化为最多。所有戚友询其先世，皆来自宁化石壁人。"一批又一批的客家人齐聚梅州，风起云涌，发奋图强，客家民系在此定型成熟，客家文化也进入了一个黄金时代。

赣南也是石壁的近邻，如果说，宋朝以前，客家先民从赣南迁往石壁，而在宋朝以后，特别是明清时期，则是由石壁返迁赣南。有学者在赣南宁都县进行田野调查，发现明清两代从福建迁入的原籍清楚的171个自然村，其中140个村来自宁化、建宁，31个村来自上杭、连城。赣南许多姓氏的族谱也记载了祖先在赣南和石壁之间迁入迁出的有趣现象。如《卢氏族谱》·"宋嘉定十二年（1219年）自江西虔州迁居宁化石壁，子孙返迁赣州安远、兴国县。"《邹氏族谱》："宋时自江西南丰迁建宁，再迁宁化，后裔于清代迁江西石城。"那时人们的流动不需要有暂住证，方才显得这般自由自在，令现代人不由有些感叹。

遥远的四川、广西等地，在明清时期也涌入了大量的客家人，他们有的是从石壁直接抵达的，几千里路对这些多年漂泊的客家人来说，根本不在话下了。他们有的是铁一般的脚板和意志。抗法名将刘永福的祖先在明弘治年间，从石壁迁往广西博白，另一个抗法主战派唐景崧，他的祖先在明末永历年间从石壁移居广西灌阳；郭沫若的祖先郭有元则是在清乾隆年间从宁化千里迢迢走到四川的，据说他脚穿草鞋披着蓑衣，身上背了两只麻袋。当然，有许多移居四川、广西的客家人是从长汀、梅州和赣南等地启程前往的，这些从石壁迁入的客家人，也算是歇了一程了，为了前程，他们继续放逐自己。朱德的祖先也正是在这一时期从广东韶关迁居四川仪陇的，而孙中山的祖先则从赣南宁都搬迁广东香山。

更遥远的台湾、香港和南洋各国，处在烟波浩渺之中，对于长年生活在山地之间的客家人来说，像是笼罩着一层神秘的面纱。这些大多不谙水性的客家人还是勇敢地踏上简陋的小木船，划向波涛滚滚的彼岸。台湾、香港处处留下了客家人的足迹。据统计，台湾有97姓的人与石壁有渊源关系，而香港二百万人客家人则大多是石壁客家祖先的后裔。18世纪，先祖由石壁迁入梅县的客家人罗芳伯远渡重洋，在印尼婆罗州建立了乌托邦式的客家人社区"兰芳共和国"。石壁客家人李火德迁居上杭，其子孙后来也闯过惊涛骇浪来到新加坡，几百年后，在这李氏后裔里出现了一个新加坡总理李光耀。根据族谱排列，李光耀是李火德的第28世裔孙。

饮水思源，寻根问祖，慎终追远，这是人类的本性。我是谁？我从哪里来？每个人都对自身有着最本质的追问。美国黑人不远万里来到非洲寻根，而全中国、全世界的客家人追循着祖先的足迹，从五湖四海汇聚到山高水长的石壁……

在上世纪九十年代初期，许多来自大洋彼岸和海峡东岸的客家乡亲，带着族谱，按照族谱的记载，一路寻寻觅觅来到石壁。可是，历经百年甚至上千年的时光淘洗，许多姓氏的祖祠和家庙已经荡然无存，这些远道而来的客家人只能在村中老者的指引下，在田野上和废墟中找寻先祖的遗迹。他们内心里又激动又遗憾，最后只能捧一撮土，掬一杯水，装进专门的塑料袋子，带回家里当作圣物一样珍藏起来。

为了让所有的客家乡亲有一个缅怀先祖、寄托思念、倾诉衷情的地方，宁化县政府在海内外客家人的帮助下，投入巨资兴建了气势磅礴的客家公祠。在东南亚实业界声名卓著的客家人姚美良代表数千万客家人说出了心声：穆斯林有他们的圣地麦加，现在客家人也有了属于自己的朝拜圣地了！

是的，客家人有福了，犹太人有他们的圣城，天主教徒有他们的梵蒂冈，藏族同胞有他们的布达拉宫，现在客家人有了他们的石壁客家公祠。

当你从县城驱车出发，经过了现在的石壁镇区，远远便会看见金碧辉煌的客家公祠巍然屹立在土楼山上，犹如巨龙，雄伟庄严的气势，让人无比震撼，四周围一片青山绿水，又让人感到特别亲切。

这就是所有客家人的总家庙，这就是所有客家人魂牵梦绕的圣地。从此，每年的10月16日成为全世界客家人到石壁公祠的公祭日。许多次，我在客家公祠里漫步。虽然我不是客家人，但是我的心情也是那样庄重。敬宗睦祖，这份情感是超越民系的，甚至不分种族、国界，人同此心。客家公祠的正殿是玉屏堂，神坛上供奉着152姓的客家先祖牌位，左昭右穆，共享香火。后面是文博阁，为二层仿古楼阁，分设客家历史文化展室、客家团体联谊纪念品陈列室和客家谱牒库、客家书刊库。

一条宽敞的回廊把公祠三部分连成了一个整体，墙壁上挂着一百多个姓氏的渊源简况，吸引着许多朝拜者和旅游者。找到自己姓氏的人总是兴高采烈，然而有个老人找到了自己的姓氏，却是潸然泪下，几近哽咽失声，旁边的人一问，这位老伯居然是来自遥远的南美洲的客家人。他就像回到母亲怀抱的孩子，幸福得热泪哗哗直流。

在这客家圣地，所有的客家人千年为客，今日回家。

8. 千年圣火，永不熄灭

北有大槐树，南有石壁村。

在客家人千年的迁徙中，历经的名城大川何其多，却唯独偏安一隅的小小石壁享此殊荣，这是为何？其实，这很容易理解。

在历史的长河中，石壁被定格了，成为记忆，成为传奇，成为意象，成为图腾，成为精神象征，成为文化符号。在客家人的成长发展历程中，石壁像是一枚鲜明的胎记，永远无法磨灭。

走进石壁，客家生。

走出石壁，客家重生。

在中国五千年的文明史上，没有哪一个民系像客家人这样，一生注定行走在漂泊的路上。

一路奔走，从北向南，生生不息，永不止步。

千年迁徙，万里漂泊，祖父埋在了长江边，父亲倒在了赣水中，兄弟葬在了武夷山脉，但是他们背起亲人的骨殖，继续往南方不屈不挠地前行。

是什么指引着他们？又有什么激励着他们？

从远方风尘仆仆地走来，这个坚毅的族群，内心里高举着中华民族顽强不息的圣火，向着更远的远方走去……

没有什么能够阻挡他们的脚步，九死一生，千辛万苦，他们行走的声音像一曲悲怆、激越的交响乐，久久回旋在中国大地上。

相对于永恒的时空，其实人生就是匆匆的过客。没有哪个民系，像客家人这样真切地体验到了生命的本真。千年迁徙，永生为客，一个"客"字道尽何等悲凉的雄壮！万里漂泊，何处为家，一个"家"字又倾诉几多沉郁的祈求！

这就是客家人，高举圣火，从历史辉煌地走来，并将走向辉煌的未来。

站在石壁客家公祠的"客家魂"石碑前，我想，正是千年不息的迁徙，孕育并诞生客家民系。走在路上，这不正是客家人一种至高无上的生命仪式吗？

走在路上，永不止步，正是这种与日月同辉的客家精神，创造了璀璨的客家文明。